항마신장

降魔神將

13

자우 신무협 장편소설

ORIENTAL FANTASYSTORY & ADVENTURE

dream
books
드림북스

항마신장 (降魔神將) 13 (완결)

초판 1쇄 인쇄 2019년 5월 9일
초판 1쇄 발행 2019년 5월 23일

지은이 자우
발행인 오영배
편집 편집부
일러스트 gongan42
본문편집 오정인
제작 조하늬

펴낸 곳 (주)삼양출판사 · 드림북스
주소 서울시 강북구 도봉로 173
대표 전화 02-980-2112 **팩스** 02-983-0660
편집부 전화 02-987-9393 **팩스** 02-980-2115
블로그 blog.naver.com/dreambookss
출판등록 1999년 3월 11일 제9-00046호

ⓒ 자우, 2019

ISBN 979-11-283-9635-9 (04810) / 978-89-542-4413-8 (세트)

드림북스는 (주)삼양출판사의 판타지 · 무협 문학 브랜드입니다.

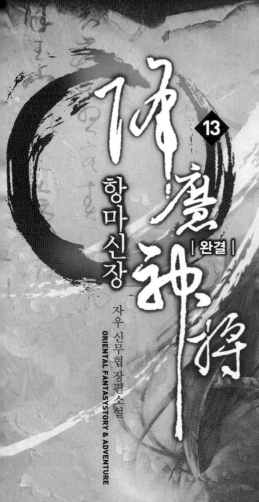

降魔神將

항마신장

| 완결 |

자우 신무협 장편소설

ORIENTAL FANTASYSTORY & ADVENTURE

13

dream
books
드림북스

降魔神將

항마신장

목차

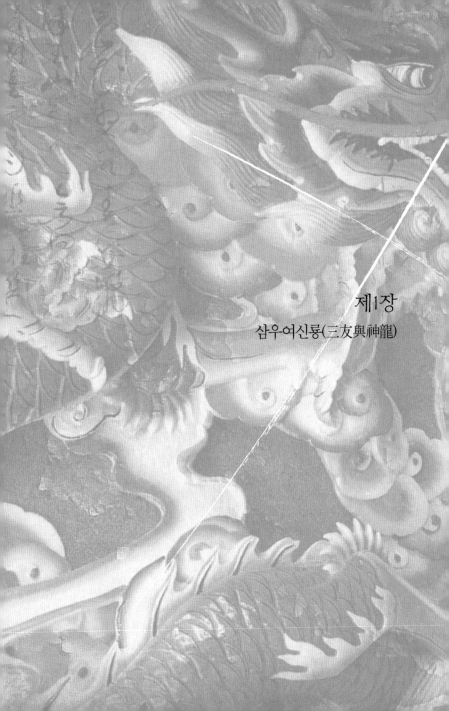

제1장
삼우여신룡(三友與神龍)

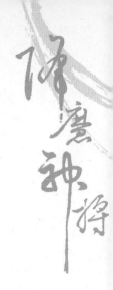

숭산(嵩山).

중원에서 손꼽는 다섯 명산, 오악에서 중악(中嶽)이라 하며, 유불도에서 모두 성지로 여긴다.

유가에서는 숭산서원(嵩山書院)이 있고, 도가에서는 숭산중악묘(嵩山中嶽廟)를 두어서 산신을 모셨다. 그러나 역시 숭산이라 하면 소실봉에 자리한 불가 선종의 시원, 소림사를 먼저 생각하기 마련이었다.

달마선사께서 여기서 선종의 가르침을 전했다.

뿐이랴, 당시로부터 무공이라는 체계가 이루어졌다고도

할 수 있었다.

무림이 소림사를 천하무종(天下武宗)이라 칭하면서 무림계 성지로 여기는 이유였다.

그러한 숭산이고, 특히 소실봉 위로 짙은 암운이 맴돌고 있으니. 그 암운은 불길하고, 두려우면, 세상의 것이 아니었다.

파팍!

마른 수풀을 헤치고 나선 발걸음이 다급하다. 무성한 수풀 사이로 뛰쳐나오는 세 인영이 있었다.

사이로 뛰쳐나왔다고 하기보다는 셋이 향하는 방향에서 알아서 몸을 눕혀서 길을 내었다고 하는 편이 더욱 정확했다.

서두르는 그들이었다. 드러내는 기파가 뚜렷하여서 무성한 수풀이든, 울울창창하게 드리운 나뭇가지든 거침없이 밀어냈다.

바람이 등을 밀어주고, 땅이 발을 받쳐주는 듯하다.

무서운 질주 끝에, 그들 셋은 산정에 하얗게 드러난 산바위 위에서 허리를 세웠다.

잠시 숨을 돌리고자 후우, 내뱉는 탁한 숨이 그렇게 뜨겁다.

산 높은 곳이니만큼 차디찬 바람이 제법 거칠게 몰아쳤지만, 그들 주변으로는 열기가 가득 맴돌았다. 굵은 땀방울이 콧등에 맺혀 있었다.

소명과 호충인, 그리고 탁연수, 세 사람이다.

셋은 정말 정신없이 달려온 참이었다. 멀리 사천 성도에서 소식을 듣기가 무섭게 뛰쳐나와서, 여기 숭산까지. 그 거리가 몇이던가.

셋은 그야말로 직진 일로였다.

산이 있으면 뛰어넘었고, 물이 있으면 가로질렀다. 돌아갈 시간도, 정신도 없었다. 그리고 끝에 숭산을 보고 있다.

셋 중 누구 하나 뒤처지지 않았다.

이미 천하를 오시할 만한 셋이었다. 그런 이들이 각자 보신경을 최대한으로 발휘하였으니.

"후우…… 죽겠네."

심각한 얼굴로 옆에 선 탁연수는 여전히 굳은 얼굴을 하고서 그만 앓는 소리를 내뱉었다. 그는 뻣뻣하여서 굳은 무릎을 힘주어 부여잡았다.

무릎을 굽힐 때마다 관절이 삐꺽거리는 듯했다.

강시당의 보신경은 분명 천하일절이지만, 수만 리 길을 쉴 틈 없이 내달리기에는 무릎에 부담이다.

"쯧, 그러니까 평범하게 뛰라니까."

"시끄러……."

옆에서 혀 차는 소리에, 탁연수는 대뜸 이를 드러냈다. 소명을 흘겨보는데, 험한 소리가 나오지 않는 것만도 대단한 자제력이다.

"내가 아무리 그래도 너한테는 그런 소리 듣기 싫다!"

"아니, 내가 뭘."

소명은 어이없어 잠시 헛웃음을 흘렸지만, 하얗게 뜬 탁연수의 눈초리는 진심이었다.

옆에서 호충인도 고개를 흔들면서 툭툭 허벅지를 두드렸다.

같은 소림파라고 할 수 있는 호충인도 나름대로 보신경을 발휘했다. 등천비호군이라는 무명이 괜히 붙었겠나.

그런데 소명은 그냥 뛰었다.

정말 다른 게 없었다. 그냥 두 발로 부지런히 달리면서 강시당 비전이니, 등용문 비전이니 하는 보신경과 어깨를 나란히 하다니. 아니, 그보다 빨랐다.

"다른 것도 아니고, 철비각(鐵飛脚), 철비각이라니!"

보법, 신법, 경신의 이치를 모두 담았다고 하지만, 소림사에서도 기초 중 기초로 삼는 공부가 아닌가.

이런저런 말을 해도, 어쨌든 빨리 뛰는 게 전부였다.

"야야, 그만해라. 달리 저놈보고 권야라고 하겠나. 흥분하면 너만 손해야."

호충인이 나름대로 위로랍시고 하는 말이었다. 그도 약
간은 체념한 상태였다.

소명은 둘이 하는 양을 멀뚱히 보고 있다가, 그만 고개
를 절레절레 흔들었다.

"아직 기운들이 있기는 하구나. 너희 둘."

"흐흐. 그렇지 뭐."

호충인은 찡그린 얼굴로 다가섰다. 어깨를 같이하고서
산봉을 헤아렸다. 산세를 타고 부는 바람을 맞으면서 후
우, 후우, 숨을 몰아쉬었다.

바람은 차갑지만 탁하다. 아직 거리가 있었는데도, 벌
써 마주하는 바람 속에 피 냄새가 섞여 있는 듯했다. 향하
고자 하는 곳은 피와 죽음이 산처럼 쌓여 있을 것만 같았
다.

생각이 거기까지 미치자, 호충인은 질끈 입술 깨물고서
물었다.

"그럼, 당장 들이칠까?"

소명은 고개를 흔들었다.

"아무리 급해도, 이대로 들이닥쳐서는 될 일도 없지. 일
단 숨 좀 돌리자고."

"괜찮겠냐?"

소명이 착 가라앉은 목소리로 말했다. 그는 콧등에 맺힌 땀 한 방울을 가볍게 털어냈다. 여기서 제일 마음이 급하기에는 역시 소명이겠다.

탁연수가 걱정을 담아서 물었다. 다른 상황을 묻는 게 아니었다. 그는 소명이 느끼고 있을 불안이 걱정이었다.

소명은 고개 돌리지 않고, 저기 코앞에 있는 숭산을 지켜보며 말했다.

"무작정 들이닥쳐서, 숨도 못 쉬면 무슨 도움이 되겠냐."

"후우, 그도 그렇지."

탁연수도, 호충인도 고개를 끄덕였다. 다들 정말 정신없이 달려왔다. 숨은 몰아쉬고, 땀으로 푹 젖었지만, 눈빛은 조금도 수그러들지 않았다.

여기 모두 일당천은 능히 가능하다고 자부하지 않는가. 그러나 상대는 마도에 속한 자들. 상리로서 말할 수 있는 상대가 아닌지라.

아무리 기운이 남았다고 해도, 무작정 뛰어들 수는 없는 일이었다.

"흡, 흡! 좋아. 일단 주변 먼저 살피자고."

탁연수가 깊이, 깊이 숨을 다잡고서, 냉큼 앞으로 나섰다. 그는 소명 옆에 어깨를 나란히 하고는 아득한 산세를 향해서 바짝 고개를 들이밀었다.

사방의 산세는 고요하다. 보는 것으로 도통 모를 일이다.

그러나 탁연수의 검은 눈동자가 일변하여, 백색으로 잔뜩 물들자, 주변의 풍경이 달리 보였다.

가슴 앞에 열 손가락을 기기묘묘하게 모으면서 입술을 빠르게 달싹거렸다.

강시당이 단순한 무림일문이 아닌 까닭이다.

본래에 시해선에 이르는 수행을 통해서 등선에 이르고자 하는 도가일맥이 아니었던가. 시체를 부리듯이, 그만한 도가술법도 적지 않게 전해지고 있었다.

물론 탁연수가 지닌 법술은 몇 되지 않았지만, 마침 지금 같은 때에 쓸만한 술법이 하나 있었다.

심사백안주(尋死白眼呪).

사기를 찾아내는 하얀 눈이라, 지금 탁연수가 하얗게 뜬 백안은 다른 게 아니라 사기와 같은 삿된 기운이었다.

주술에 집중하여서 눈을 뜨기가 무섭게, 탁연수가 보는 세상은 그만 색을 잃었다.

산천초목이 푸름을 잃고, 온통 흑백만이 남은 듯하다. 그런데 산중에서 한눈에도 불길한 자색과 적색, 또는 탁한 오수처럼 시커멓게 물들인 색이 곳곳에 웅크리고 있었다.

탁연수는 그리 숨은 자들 모습을 선명하게 볼 수 있었다. 이는 술법이라, 저기 있는 자들이 지닌 마공기력의 무공고하와는 관계가 없었다.

목측(目測)으로 헤아릴 수 있는 곳까지 전부 살피고서 탁연수는 대뜸 혀를 찼다.

"히야, 많이도 몰려왔다. 대충 세어도, 일이백 정도가 아닌데. 성마교 것들이 아주 작정을 했어. 작정을."

탁연수는 강시당의 비술로 속속들이 파악하고서 하는 말이었다.

나무 밑이라면 어디랄 것 없이 수십이 모여서는 오로지 한 곳, 소림사를 향해서 살기를 던지는 상황이었다. 그런 식으로 몇 겹이나 되는 포위망을 구축하였으니.

천라지망을 이들이 끌어다가 펼쳐놓은 셈이었다.

안에서는 나갈 수 없고, 밖에서는 들어갈 수 없다.

쉽지 않은 일로, 소림사까지 향하는 것부터가 상당한 험로임을 굳이 비술을 발휘하여 파악하지 않더라도 예상할 수 있는 일이다.

탁연수는 제 색을 찾은 검은 눈을 연신 깜빡거렸다.

"틀렸어. 어디 한 곳도 거치지 않고는 안으로 들 방법이 없네. 아주 숭산이 자기들 안방인 꼴이야."

"그리고 한 곳이라도 거치면, 죽자고 달려들겠지?"

"앞뒤 정도가 아니고, 아주 사방팔방에서 달려들 판국이다. 저거."

"히야, 그럼…… 어쩌냐? 응, 소명아."

"뭐, 대도무문(大道無門)이지."

큰길에 다른 문은 없다. 그저 곧은 길을 밟아 나아갈 뿐. 조금의 지름길이나, 계책 따위는 생각지도 않겠다.

셋은 입을 굳게 다문 채, 각자 방식으로 빠르게 몸을 돌보았다. 숨은 바로 다잡았으나, 굳은 몸을 풀고, 공력도 최대한 회복해야 했다.

열심히 살폈지만, 막상 산으로 진입하였을 때에 무슨 상황이 벌어질지 모르는 일이었다. 아무리 천하 고수라 하여도, 대비는 필요한 법이다.

한참 집중하던 차, 탁연수가 퍼뜩 고개를 치켜들었다.

"어라, 라? 야, 우리 뭔가 깜빡한 것 같지 않냐?"

"깜빡? 뭘 깜빡해?"

"뜬금없이 무슨 소리냐?"

탁연수가 던진 물음에, 소명과 호충인은 무슨 생뚱맞은 소리냐는 듯이 돌아보았다. 천천히 몸을 푸는 중이었다.

팔다리를 빙글빙글 돌리면서 탁연수를 보았다. 탁연수는 미간을 바짝 모았다.

"아니, 뭐가, 뭐가 있는데? 사천에 뭘 두고 왔나?"

"딱히 챙길 게 없는데, 두고 올 게 뭐가 있겠어?"

"그런가?"

소명도, 호충인도 걸리는 바가 없었다.

탁연수는 그래도 여전히 찜찜한 모양인지, 연신 고개를 갸웃거렸다.

"뭐가 있었던 것 같은데."

주저하면서 계속 중얼거리자, 호충인이 피식 헛웃음을 흘리면서 돌아보았다.

"그럼 있었나 보지 뭐. 잊어버려. 여기까지 온 마당에 무슨 소용이 있겠냐."

"충인 말이 맞다. 잊어버려. 지금은 저기를 돌파할 생각만 하자고."

"쩝, 그야 그렇지."

정말로 잊은 게 있다 한들 숭산이 저기였다. 여기서 무얼 따지고 있겠나.

소명도 거들면서, 그만 잊으라고 하니. 탁연수는 입술을 삐죽거리면서 대충 고개를 끄덕였다. 구긴 얼굴은 쉽게 펴지지 않았다.

분명 뭔가 당부를 잊어버리기는 했는데.

탁연수는 에효, 한숨을 흘리고서 두 눈을 다시 떴다. 눈가에서 푸른 빛이 한차례 번쩍이고, 낯빛이 새파랗게 물들었다.

자칫 병색이 짙은 것처럼 보이는 모습이지만, 이는 강시당 고루천강 십성 공력이 일어나면서 나타나는 현상이다.

호충인은 손목, 발목을 툭툭 털고서는 앞으로 몸을 기울였다.

소명이 물었다.

"준비들 됐냐?"

"음!"

"아무렴."

그렇다면. 소명은 굳이 가자는 말 할 것 없이 성큼 앞으로 나섰다. 호충인과 탁연수는 그 좌우에서 바로 움직였다.

셋이 향하는 길목에는 죽음과 살기가 짙게 고여 있건만, 주저할 것 없이 나아갔다.

막으면 막는 대로 부수면서 나아갈 뿐이다.

장신 사내가 하얗게 솟은 산 바위 위에 간단히 올라섰다.

까마득한 산정이었다.

이는 바람이 세찼고, 한 치 앞은 족히 수백 장 높이의 까마득한 절벽이다. 하얀 장삼이 세찬 산바람을 받아 뒤로 펄럭였다.

올라선 사내는 무엇을 찾는지 황급히 주변을 두리번거렸다.

"으아아악!"

급기야, 성질에 복받쳐서 울부짖는 소리가 한없이 크게 울려 퍼졌다.

"대, 공, 자!"

원망마저 섞인 울부짖음이다.

쩌렁쩌렁 터져 나오며 산세를 뒤흔들었다.

그는 산봉 끄트머리에 올라서는 어딘지 모를 곳을 향해서 끊임없이 울어 젖혔다.

"어찌 이러실 수 있습니까! 대, 공, 자!"

신룡대주 마도옥이다.

무산일대를 아우르는 제일검객으로 이름 높기도 한 무곡 검군이, 지금 끝도 없이 울어 젖히고 있으니. 그 원망이 누구를 향해 있는지 모를 사람은 없었다.

신룡대가 대공자라고 할 사람은 하늘 아래 한 사람 뿐이니.

권야 소명을 말한다.

산봉 뒤에서 신룡대 부대주, 마량은 고개를 흔들었다. 그는 숨차서 핼쑥한 얼굴을 하고 있었다.

"아이고, 저런. 우리 대주는 힘도 좋으시지. 그렇게 뛰고도 숨이 남아서, 저렇게까지 난리를 치시나. 하여튼."

마량은 쯧, 혀를 찼다. 대주 심정도 이해 못 할 바는 아니지만, 그렇다고 내내 울부짖을 건 또 뭐란 말인지.

후우, 후우.

숨 몰아쉬는 마량은 마도옥에 비하자면, 한참 심드렁한 반응이었다.

"부대주, 남의 일처럼 말씀하십니다."

"뭐, 어쩌겠나. 대공자께서는 대공자라 부르지도 말라 하시고. 기다릴 바에야 나아가겠다고 하시는 분인데."

마량은 입술을 삐죽이면서 말했다.

부대주 말이 맞기도 하니, 신룡대원들은 고소만 머금었다. 그들은 찡그린 얼굴로 숨을 가다듬었다.

전력을 다해서 가파른 산길을 관통한 탓이었다. 본래 계획대로라면 여기서 소명과 마주하기로 되어 있었다.

천룡 본가에 보고는 물론, 홍천 유민을 은신처로 이끄는 조원과 합류도 필요했기 때문이었다.

사천에서 숭산 사이에 길목으로, 여기서 숭산까지는 서두르면 하루 거리 남짓이었다.

그러나 소명은 조금도 기다리지 않고, 그냥 내달렸으니. 길이 어긋난 정도가 아니었다.

실상 소명은 신룡대와 함께 움직인다는 생각 자체를 하지 않고 있었다. 솔직하게 말하자면, 마량은 일이 이리되지 않겠나 예상했던 바이다.

일군이라 할 수 있는 마교 무리가 숭산에 오른다.

그 한 줄에 소명이 보인 반응을 직접 마주하지 않았던가. 분노한다든가, 동요한다든가, 그런 정도가 아니었다.

차라리 분기탱천하여서 기세를 폭발하였다면 이해라도 하겠다.

그때, 소명은 고요했다. 한없이 고요하여서 마주하고 있는 마량이 숨을 잊을 정도였다.

"그만큼이나 급한 일이지 않겠나. 소림사를 노리다니 말이야."

"성마교, 아주 작정을 한 모양입니다."

"그렇지, 그렇지. 본가에서 파악한 상황을 보니. 가관도 이런 가관이 없어."

마량은 고개를 흔들었다. 찡그린 얼굴에는 다른 무엇보다 곤혹스러움이 짙었다.

저기서 난리 치고 있는 대주는 그에게 별일이 아니었다. 마량은 지그시 입술을 깨물었다. 그는 눈동자를 굴렸다.

"위지 선생께서도 바로 소림사로 향하였다지."

"예, 그리 보고가 왔습니다."

"흠, 그럼. 홍천 유민들은 오조가 끝까지 맡는 것으로 하고."

"발 빠르게 움직이면, 어찌 대공자 끄트머리라도 잡을 수 있겠습니다만."

"그도 그렇지만, 지금은 오히려 위지 선생과 함께 움직이는 편이 더욱 유리할 듯하네."

파악한 것보다 더 빠르면 빨랐지, 늦지는 않을 터였다. 여기서 허겁지겁 움직인다고 해도, 뒤꽁무니를 잡기는커녕 눈에 두지도 못할 게 뻔했다.

"헌데, 부대주."

"응?"

한층 조심하여서, 목소리를 낮추었다. 그 기색에 마량은 고개를 들었다. 다가선 일조장은 어딘지 불편한 모양인지, 얼굴이 편치 않았다.

주저하면서 쉽게 말을 꺼내지 못했다. 다른 조장, 조원들 표정도 비슷했다.

"왜 그런 낯짝인가?"

"부대주, 대공자께서는 기어코 천룡을 마다하시는 걸까요? 이번 일만 해도 그렇지 않습니까. 본대라면 분명 마교를 상대할 때에 상당한 전력일 텐데요."

"흠, 그건 모르겠군. 천룡이라는 이름을 마다하시는 건지, 부정하시는 건지. 하지만 이번 일은 아무래도 얘기가 다르지 않겠나?"

"다르다니요? 무엇이 다르단 말입니까?"

일조장과 같이 선 대원들도 의문 품은 눈으로 마량을 바

라보았다. 그러자 마량은 당연한 일을 어찌 묻느냐는 듯이
대꾸했다.

"그야 우리가 너무 느려터진 거지. 대공자와 그 친우 분
은 그만 다급한 상황이었던 것이고."

"헙!"

천룡세가 중에서도 정예를 자부하는 신룡대. 그런 자신
들이 느려터졌다니.

당황한 눈동자가 크게 흔들렸다. 그러다가 몇은 떨떠름
한 얼굴로 고개를 돌렸다. 몇은 후우, 더운 숨을 높이 뿜어
올렸다.

마냥 부정할 수도 없는 것이, 신룡대는 여기까지 정말
전력으로 달려왔건만, 소명을 따르기는커녕, 그 그림자조
차 보지 못했다.

그리 큰 시차를 두었던 것도 아니건만.

심지어 같이 내달리는 두 사람, 등용문주와 강시당주조
차 신룡대가 감히 따라잡지 못한 셈이다.

마량은 적잖은 충격에 말을 잃은 대원들을 대충 둘러보
았다.

'뭐, 충격은 충격이겠지만. 어쩌겠어, 그게 사실인데.'

그러고는 한쪽 구석을 향해서 보았다.

땅을 밟고 솟구친 흔적이 한참 뚜렷했다. 심지어 저것은

소명이 남긴 것도 아니었다.

두 발을 모아, 지기와 충돌한 반발력으로 솟구치는 강시당 특유의 보신경이 남긴 흔적이다. 그리고 옆에는 같이 박찬 흔적이 역력했다.

바로 소명과 함께 길 나선 강시당주와 등용문주의 족적이다. 여기서 소명이 남긴 흔적은 딱히 없었지만, 그 세 사람이 같이 움직였음은 굳이 의심할 바가 아니었다.

"흐음."

마량은 자기도 모르게 낮게 침음했다.

분명히 이들은 어디 다른 길로 소림사를 향하지 않았다.

사천에서 숭산까지, 말 그대로 직진 돌파한 셈이었다.

험한 산과 아득한 산정을 죄 박차면서 무섭게 질주했으니. 여기도 그런 길목 중 하나이다.

다만 신룡대가 따르고 있음을 염두에 두지 않았을 뿐이다. 하기야, 누구를 기다릴 만큼이나 여유 있는 상황도 아닐 터이고.

마량은 불현듯 머리 구석을 스치는 섬뜩한 생각에 질끈 입술을 깨물었다. 미간에 팬 골이 깊었다.

그래도 잠깐에 불과했다.

마량은 헛웃음을 흘리며 고개를 흔들었다.

"에이, 아무리 그래도 그렇지. 우리가 뒤따른다는 건 알고 계시겠지. 설마."

섬뜩한 생각이란, 소명 머릿속에 신룡대가 아예 없을지도 모른다는 것이었다. 바로 고개를 흔들고서, 마량은 생각을 정리했다.

우선 모두가 숨을 회복했다. 다시 움직일 수 있었다. 그리고 위지백과 함께 이곳으로 이동하는 두 개 조가 있었다.

그들과는 숭산 초입에서 합류할 수 있다. 시기와 장소를 헤아렸다. 답은 바로 나왔다. 그럼, 이제는 움직일 때였다.

마량은 고개를 돌렸다. 마도옥이 저 위에서 여전히 우는 소리만 하고 있었다.

"으허허허!"

"거, 대주! 작작 좀 하시구려! 내내 그리 있을 셈이시오!"

"으! 아아. 아흠. 흐흠."

마도옥은 마지막 소리를 쥐어짜려다가, 버럭 하는 소리에 그만 고함을 삼켰다. 그는 콧물 한번 훌쩍이고서 주춤 돌아섰다.

꼭 마량 잔소리 때문만이 아니더라도, 요동친 마음을 다잡을 때였다.

마도옥은 후우, 길게 한숨을 밀어냈다. 여기서 바람을 맞았다지만, 그렇다고 대공자 따르는 일을 접을 생각은 추호도 없었다.

천룡대야께서 직접 그들을 앉혀놓고 한 사람, 한 사람에게 손을 잡고 부탁하지 않았던가. 그저 명령을 내린 게 아니었다.

천룡께서 직접 한 부탁이었다. 어찌 소홀할 수가 있겠는가.

물론, 그렇게 마주한 대공자란 사람이 설마 천룡이라는 이름을 귀찮아할 줄은 추호도 몰랐지만.

마도옥은 입술을 꽉 깨물었다. 그에 뭐라고 불만을 느낄 수도 없는 것이, 그럴 만한 자격이 충분하지 않은가.

천하 육대 고수 중 한 사람이다.

소림사의 용문제자로, 소림제일인이라 해도 과언이 아니다.

전설의 천룡이라지만, 그에 못지않은 이름이다.

'거참, 대공자가 그리 대단한 분이라니.'

마도옥은 퍼뜩 고개를 흔들었다. 아래에서 마량과 대원들이 자신만 보고 있었다.

마음을 다잡고서, 마도옥은 훌쩍 내려섰다. 이제야 평소 모습이다.

"그래, 다들 숨은 돌렸나? 체력은 충분하고?"

"예, 대주. 만전입니다."

마량은 고개를 끄덕였다.

"대공자께서는 분명 소림사로 바로 향하셨을 터."

"예, 적잖이 서둘러야겠습니다. 대공자 뒤를 따르는 건 글렀지만, 그래도 때를 맞춰야 한칼이라도 거들지 않겠습니까. 이대로면 위지 선생과 복귀하는 조와 숭산 초입에서 만날 수 있습니다."

"음, 음."

마도옥은 고개를 끄덕였다. 그는 백운 문양이 뚜렷한 장삼을 뒤로 펄럭이고서, 잠깐 숨돌린 대원들을 둘러보았다.

그가 저기서 악을 써대는 동안에 무슨 일이 있었는지, 대원 모두가 눈빛이 심상치 않았다.

이글이글, 열의에 타오르는 눈빛이었다. 얼굴이 한층 붉게 달아올랐다. 결코, 숨이 차서가 아니었다.

"음, 너희 눈빛이 좋구나."

"예, 대주!"

신룡대는 이를 악물고 외쳤다. 대공자가 끝내 마다할지 모르겠지만, 그들은 어떻게든 인상을 남기겠다고 작정했다.

마도옥은 이런 와중에도 대원들 사기가 자못 만족스럽다.

"좋아, 가자! 가서, 대공자에게 신룡대 진면목을 제대로 보여주자!"

"명!"

뜨거운 호응이다.

신룡대주가 그대로 산정을 박찼다. 그 뒤로, 신룡대 또한 거침없이 내달렸다.

파라라락! 파라라락!

그들이 걸친 백운신룡포가 거칠게 펄럭였다.

*   *   *

촌각의 휴식 끝에, 소명은 터벅터벅 걸음을 옮겼다.

그가 나서는 뒤로 호충인과 탁연수가 걸었다. 걷는 중
에, 호충인은 가볍게 손목을 흔들었고, 탁연수는 점점 얼
굴빛이 파리하게 질려갔다.

딱히 말 꺼낸 사람도 없지만, 세 사람은 품자(品字) 형태
로 서서 그대로 걸어갔다.

셋이 소림사로 드는 숭산 어귀에 나타나기가 무섭게, 녹
음 짙은 수풀이 한층 어수선하게 술렁거렸다.

누구인지를 파악하였기 때문이 아니다.

저리 보무도 당당하게 나타나는 이가 누가 있단 말인가.

이미 주변 수십 리를 물샐 틈 없이 에워싼 마당이건만.
그것을 무시하고 들어섰다는 것이니.

둘 중 하나였다.

정말로 아무 상관 없는 민초이거나, 아니면 마도의 포위
망을 무시할 정도의 강자라는 뜻이다.

민초라 볼 수는 없었다.

무엇보다 호충인의 모습은 하남 무림에서 모르는 사람이 없었다. 무림이고, 아니고를 구분할 것도 없었다. 탁연수의 파리한 몰골 또한 일반 민초의 꼴로 볼 수는 없지 않은가.

산에 오르는 길목에 소리 없이 네 인영이 조용히 일어섰다. 잿빛 장포를 휘감고, 야윈 얼굴에는 사기 가득한 눈빛을 빛낸다.

호충인은 숨을 삼키면서 두 주먹을 가슴 앞에 힘주어 맞대었다.

"흐읍! 이제 제대로 힘을 써야 할 때인가."

"힘? 무슨 저 정도를 가지고."

"야, 아무리 그래도. 그렇게 말하면 저들이 서운해하지 않겠냐?"

호충인이 하는 말에, 탁연수가 받았다.

전혀 긴장한 기색이 아니다. 앞에 있는 것은 천하를 들썩이는 마도의 무리라는 것을 전혀 모르는 사람처럼 태연자약이다.

중원으로 숨어든 마도 십팔 지류 중 한 곳으로, 비록 오대혈족에 비할 바는 아니지만, 나름대로는 정통 마공이라 할 수 있다.

귀음사(鬼蔭社)의 후예, 사대명사(四大冥使)는 이를 드러냈다.

으르르.

악문 잇새로 기이한 효후가 새었다.

혼을 부르는 소리, 그것은 삿된 원혼을 모조리 웃기는 일이지만, 그대로 빨아들여서는 힘으로 삼는다. 그것이 가능한 지파이다.

그래도 셋의 얼굴에는 별반 달라지는 게 없었다.

"음, 소림사 앞에서 저런 짓거리라니."

한심한 일이로다.

두 사람 다, 팔짱을 끼고서 하는 양을 멀뚱히 바라만 본다. 서두르기는커녕 손 쓸 기색조차 없다.

"크르?"

와중에도 의아함에 고개를 갸웃거렸다. 귀기 맺힌 시퍼런 얼굴이 기우뚱하는 모습은 어울리지 않는다. 그렇다고 이상하게만 여기기에는 상황은 끔찍할 따름이겠다.

소명은 문득 가슴 앞에 두 손을 모았다. 합장을 취한 채, 새삼 허리를 꼿꼿하게 세웠다. 읊조리는 불호가 무겁다.

"아니, 올 텐가?"

"이노옴."

울부짖으면, 뛰어든다. 뒤로 거느리는 것은 무수한 원

혼. 그러자 원혼의 울음이 두 사람을 휩쓸고 지나갔지만, 다른 변화는 없었다.

소명은 여전히 합장하고 있고, 호충인은 팔짱을 끼고 턱을 치켜들었다. 그 옆에서 탁연수는 입을 가리고서 끅끅, 연신 어깨를 들썩였다.

상황이 상황이지만, 웃겨 죽겠다.

"어? 어엇?"

사대명사는 그만 당혹감을 감추지 못했다. 그들의 최고 술법인 백귀도행에도 태연하다니.

호충인은 쯧쯧, 혀를 찼다.

"이런 한심한 인사들 같으니. 숭산 아래에서 사술을 펼치는 것도 우스운 일인데. 지금 그게 소림파 정종 공부 앞에서 될 것 같더냐?"

진실로 어이가 없다는 투였다. 그리고 호충인은 팔짱을 풀었다.

가볍게 주먹을 그러쥐는 순간, 호충인은 흐릿한 잔상만 남긴 채, 사라졌다. 그것은 사령술에 의지하는 바가 큰 귀음사의 후예로서는 따라잡을 수 없는 몸놀림이다. 억! 놀란 소리가 채 입 밖으로 나오기도 전에, 호충인의 두 주먹이 번갈아 두 사대명사 마인의 숨통을 끊어놓았다.

그야말로 철권. 단박에 실 끊긴 꼭두각시처럼 흩날려서

는 맥없이 흩어졌다. 남은 셋은 그대로 물러나려다가 덜컥 멈춰버렸다.

둘의 가슴에는 새파랗게 빛나는 두 손이 뚫고 들어왔다.

"어, 어느…… 틈에……."

탁연수는 수월하게 손을 빼냈다. 그의 새파란 손에는 피 한 점이 맺혀 있지 않았다.

호충인은 냉정한 눈으로 고개를 돌렸다.

"이제야 산 초입인데. 이런 잡것이 벌써 튀어나오다니. 젠장."

혀 차는 소리가 절로 나온다.

소명도 공감하여 고개를 끄덕였다. 성마교, 그것들에 대해서는 아주 질릴 정도로 겪은 것이 소명이었다. 호충인도 하남 무림을 크게 일소하면서 적잖이 겪어내었고, 탁연수 또한 산서를 정리하면서 겪었다고 하지만, 그래도 소명에 비할 바는 아니었다.

천산, 성마의 본거지라고 할 곳을 아예 뒤집어놓았던 것이 바로 소명이었고, 위지백이었다.

"사람 같잖은 것들이지. 광신이니 뭐니 말하는 것 정도로 끝날 작자들이 아니야."

소명은 고개를 흔들었다. 일견 감정 없어 보이기까지 했다.

맥없이 나가떨어진 네 마인을 일별하고서, 다시 소림사로 향하는 길목을 지그시 바라보았다.

"본산은 아직 버티고 있는 모양인데."

호충인이 몸을 앞으로 내밀고, 눈썹 위에 한 손을 올리고서 두리번, 산세를 살폈다. 살피는 눈길은 한참 신중했다. 바짝 집중한 눈매에 주름이 깊게도 잡혔다. 멀리서 살피는데, 한눈에도 소림사는 위태하기 그지없었다.

멀리서 살필 때와 한층 가까이서 볼 때와는 또 달랐으니.

한달음에 달려왔다고 하지만, 무작정 뛰어들 정도로 생각이 없는 것은 또 아니었다.

소림사에 드리운 암운은 아니, 저것의 정체는 지독할 정도로 농밀하게 고인 마기로 마종무애(魔宗霧靄)라 한다.

마인이라고 하는 자들이 드러내는 마공기력의 흔적이 지독하게 고이면 자연스럽게 일어나는 현상이다만.

어중간한 마인 몇이 모인다고 해서, 마공기력이 산을 타고 안개를 이룰 만큼 일어나겠는가.

최소 마경에 이른 자들이 모였다는 것인데. 마경이라는 경지가 어디 쉬운 경지이겠나.

마공은 입문하기는 쉬워도, 오르기는 어려운 길이다. 그러한 마기의 안개가 소림사를 뒤덮고 남을 정도라니.

소명은 고개를 흔들었다.

"정말 작정하였군. 여기서 마교의 명맥이 끊어지든지, 아니면 숭산이 내려앉든지 하겠다."

소명은 한숨을 삼켰다. 아득한 마운, 그것을 옆에서 보는 호충인도 절로 아연해졌다. 한참 멀리서 볼 때와는 전혀 다르다.

호충인이 보기에도 참으로 지독한 광경이었다.

"정말 사람 꼴이 아니구만."

그 또한 소림파 정종 내공을 경지까지 이루어낸 고수였다. 솟구쳐 오르는 마기의 안개가 얼마나 지독한 것인지 어찌 모르겠나.

더구나 제아무리 웅크리고 있다지만, 딱히 숨기지도 않고 있는 마공기력이 하나, 둘이 아니었다.

참 까마득하기도 하다.

하남 무림에서 마도 종자를 일소했다고 여겼건만, 세상 어디에 이렇게들 숨어 있다가 몰려나왔는지. 호충인은 기가 찰 따름이었다.

그러다가 퍼뜩 짙은 눈썹을 바짝 모아, 소명을 돌아보았다. 그래도 다른 길목도 있을 텐데. 지금 같이 마주하고 있는 길목은 탁연수가 미리 살폈을 때에 가장 지독하게 색으로 물들어 있는 길목이었다.

"설마하니, 저기를 뚫고 들어가자는 건 아니지?"

"왜? 후달려?"

차분한 소명을 대신해서, 탁연수가 어깨를 툭 치며 물었다.

"후달리기는 누가! 나 등용문주야."

"그럼 됐네. 등용문주님."

탁연수는 히죽 웃었다. 그러고는 소명에게 턱짓했다.

"얘 괜찮댄다. 그럼 가자, 소명!"

"하, 하하."

소명은 소리 내어 웃었다. 탁연수가 있어, 급한 와중에도 여유를 유지할 수가 있다. 그래도 지금 상황에서는 오로지 직진뿐이다.

가장 까맣게 물들고 있다는 말은, 바로 여기가 최단거리라는 뜻이기도 하다.

물러설 것도 없고, 돌아갈 것도 없다.

호충인은 잠시 어이가 없어서 눈살 찌푸린 채, 탁연수를 흘겨보았다.

말 몇 마디로 사람을 바보로 만드네.

하지만 그도 호충인도 결국 소명을 따라서 웃어버렸다. 하기야 여기까지 와서 무슨 다른 길을 찾겠나. 여유는 말할 것도 없겠지만, 그리할 이유도 없기는 하다.

호충인은 몸 풀 듯이 어깨를 빙글빙글 돌리면서 말했다.

"그래, 가자. 가!"

셋은 바로 나섰다.

이미 귀음사의 자리가 무너진 것이 주변으로 알려진 상황이다. 구멍 난 곳을 메우고자, 와르르 몰려오기 시작했다. 숲이 울었다.

저들이 갖춘 천라지망, 꽤나 오밀조밀한 모양이었다. 예상 못 한 일도 아니지 않은가.

"좋아, 이제부터 가열차게 시작이군."

탁연수가 장난스럽게 중얼거렸다. 말은 그렇게 하지만, 눈빛은 진지했다. 강시당주의 진신절학은 아직 드러내지도 않았다.

파랗게 물든 새파란 두 손을 가슴 앞에 세웠다. 그런데 문득 소명이 손을 흔들었다.

"여긴 내가 하지."

"응?"

소명은 소매를 휙휙 걷어 올렸다. 가슴 앞에 두 손을 합장하듯 모았다. 그 순간, 기이한 소음이 일기 시작했다.

츠츠츠츠……츠츠츠츠…….

호충인, 탁연수는 퍼뜩 고개를 치켜들었다.

"으엉? 뭐냐?"

수십, 수백에 이르는 벌떼가 가까이에서 날갯짓이라도 하는 것처럼 낮고 기이한 소리였다.

소리는 소명의 두 손, 그 사이에서 기이하게 일었다. 낮고 낮은 소리, 그러나 더욱 빠르게 일어나기 시작했다.

"뭐, 뭐 하는 거냐?"

"일단 잔챙이들은 치워버리는 게 좋지 않겠어."

어째 불안하여서, 호충인이 물었다.

소명은 담담했다. 그는 뭐 별일도 아니라는 투였다.

그러나 소명에게 별일이 아닌 게, 다른 이들에게도 별일이 아니겠나.

일단 격차는 분명히 알고 있는 호충인이었고, 탁연수였다. 둘은 눈을 가늘게 뜨고서 서로 눈짓했다.

소명이 가만히 치켜든 두 손에서 울리는 소리가 점점 더 격렬해지더니, 급기야 소리가 딱 사라졌다. 이때 불안감이 확실해졌다.

가만히 있다가는 고약한 꼴을 볼지도 모르겠다, 하는 불길한 생각을 거의 동시에 주고받았다.

탁연수가 먼저 옆으로 한 걸음, 아니 부족하다 싶어서 서너 걸음까지 훌쩍 물러섰다. 호충인도 그 모습을 보고서 바로 따라 움직였다.

소명은 그 모습을 곁눈질로 보고는 피식 웃었다.

"그렇게까지 피할 필요는 없는데."

소명은 가볍게 중얼거리고서 기이한 소음을 잔뜩 품은 두 손을 힘차게 마주쳤다.

쫘아아악!

들을 수 있는 소리를 훌쩍 넘어섰다. 그러나 귀를 세운 자는 능히 들을 수 있었다. 무엇보다 일어나는 격렬한 파동은 일직선으로 가로질렀다.

촤자자자작!

무수한 수풀이 갈라지고, 아래에 숨은 마인들은 일제히 피를 토하면서 나가떨어졌다. 마인들이 내지르는 소리는 파동에 파묻혀서 닿지 않았지만, 하나같이 있는 힘껏 비명을 내지르면서 괴로움에 몸부림쳤다. 그들 모습은 마치 지독한 독에라도 당한 것처럼 보였다.

호충인과 탁연수는 귀를 딱 막고서 어깨를 한껏 움츠렸다. 그들도 영향이 없다고는 할 수 없었다.

내상까지는 아니지만, 내부를 관통하는 기이한 울음이라니. 그러다가 박수 한 번에 일어난 광경을 보고서 혀를 내둘렀다.

"흐야, 대체 무슨 수법이냐, 그거. 소림 공부에 그런 게 있다고는……."

"이거? 나름 독문의 수법이라고나 할까."

소명은 손을 휘휘 흔들었다. 쓴웃음이 짙었다.

좌우 쌍수에 공전무응의 진파를 일으킨다. 그리고 충돌. 그것은 더욱 막강한 위력으로 솔직한 기파를 일으킨다.

말은 쉽지만, 아무리 공전무응을 완성했다고 한들, 소명이 아니면 누구도 할 수 없었다.

완성경에 이른 곤음수가 아니라면, 진파를 감당할 수 없고, 어찌 감당한다고 한들, 충돌의 순간에 두 손이 흔적도 없이 사라지기 때문이다.

소명은 벌겋게 달아오른 손바닥을 간단히 흔들었다.

적어도 그것 하나로 산문 앞까지는 모든 마인을 쓸어낸 것만은 분명했다.

호충인도 그렇지만, 탁연수도 새삼 질린 얼굴을 했다. 이래서 천하고수 운운하는 것인가. 그러다가 호충인은 숨죽여 중얼거렸다.

"이거면…… 신권보다 더 대단한 거 아니냐."

소리가 닿는 일대에는 무인지경이 틀림없었다. 미처 음파까지는 신경 쓰지 못한 터라, 마인들은 귀를 틀어쥔 채, 고꾸라지기 일쑤였다.

산문 앞까지의 길은 훤히 내었다. 그나마도 곧 메워질 게 분명했지만, 당장 셋의 걸음을 방해하는 자는 적었다.

그래, 당장은.

"으어어어!"

탁성이 터졌다. 소리가 울릴 때에 검은 피가 왈칵 쏟아지면서 흙바닥을 적셨다.

마인이 이를 악문 채, 자신이 흘린 핏물에 무릎 꿇었다. 더 힘을 내고 싶었지만, 복부가 크게 갈라지면서 안에 든 것을 모조리 쏟아낸 판국이었다.

무슨 도리가 있겠나.

꼿꼿하게 세운 일수에 그 꼴을 만든 것은 탁연수였다. 핏물을 철퍽 밟으면서 비좁은 산길을 빠르게 올라갔다.

돌아보지도 않았다.

탁연수는 새파란 얼굴에 두 눈에는 푸른 귀화를 품었다. 호충인도 비슷한 얼굴이었다. 공력을 잔뜩 집중하여서, 산중맹호처럼 두 눈에 화광을 품었다.

흠!

호충인은 짧은 숨을 토해냈다. 짧게 쳐내는 일권, 그런데 마인 몸속으로 다섯이나 되는 폭음이 연이어 터졌다.

터텅! 터터텅!

살기 넘치는 얼굴로 달려든 마인은 오공에서 죄를 피를 흘리면서 고꾸라졌다.

일권오경파, 일권에 다섯의 암경을 때려넣는다. 이는 호가권법의 절기이다.

호충인은 아주 자연스레 절초를 펼쳤다. 그가 무섭도록 공력이 상승한 것도 있었지만, 그의 호가권이 또 다른 경지로 나아가고 있다는 뜻이기도 했다.

부친으로부터 시작한 호가권이었다.

소림권을 바탕으로 하였지만, 이제는 나름 무경을 갖추었으니.

그에 비하면 탁연수는 사뭇 단순했다. 그럴 수밖에 없는 것이, 강시당 고루천강은 마공기력과는 상극에 있기 때문이었다.

강시당의 뿌리로 말하자면, 등선에 이르고자 하는 정종도문이 아닌가. 고루천강은 도문의 지극한 가르침을 품은 공력이니.

고루천강이 실린 방신기는 일제히 덮쳐드는 다종다양의 마공기력을 너끈히 감당했고, 푸르스름하게 빛나는 두 손은 그 자체로 신기여서, 달려드는 마인을 족족히 박살 냈다.

마인들은 계속해서 몰려오고 있으니, 힘을 아낄 것도 없고, 낭비할 것도 없이, 정확하게 손을 썼다.

"야이 씨! 뭔 잔챙이를 치워! 아예, 이리 몰려오라고 고사를 지냈네! 고사를!"

그리 나아가는 중에, 탁연수의 입에서 짜증 섞인 일성이 왈칵 터져 나왔다. 천강수로 또 한 마인을 날려버린 다음이었다.

처음에 소명이 일장의 신기를 보였을 때만 해도, 길이 뻥 뚫린 줄 알았다.

오르는 중에 마주한 것은 피거품을 물고 쓰러진 마도 종자들뿐이었으니까. 그러나 여유는 정말 잠깐이었다.

"권야를 죽여라!"

"성마 제일적이다!"

"이 저주받을 자야악!"

울부짖으면서 정말 새카맣게 밀려오고 있었다. 그들은 대부분 천산에서 내려온 마인들로, 천산혈사를 겪었거나, 기억하는 자들이었다.

흩어져 있다가, 소명이 일수를 펼치는 소리를 듣자마자 권야가 왔음을 알고서 이렇게 필사적으로 달려들었다.

"커흠. 어디 이럴 줄 알았나."

소명은 주눅이 든 목소리로 중얼거렸다. 그러면서 손가락을 튕겼다.

그저 중지를 접었다가 튕기는 것이지만, 그 위력은 확실했다.

둘의 허점을 노리고 파고드는 마인은 미처 나서기도 전에 미간이 뚫려서 고꾸라졌다.

십이성을 돌파한 탄지신통(彈指神通)의 위력이다.

그들이 내지르는 원망이나, 저주는 소명에게 딱히 감흥을 주지 못했다. 그저 두 친구 눈치만 볼 뿐이었다.

먼저 나서지는 못하고 뒤에서 탄지신통만 열심히 펼치는 게 그 이유가 아니겠나.

그렇게 나아가기를 한참이었다.

끝에 세 사람은 계단을 차분히 밟고, 소림사 앞에 섰다.

"후우……."

한숨이 절로 나왔다.

이제껏 기운이고 체력이고 아낄 것 없이 무식하게 돌파한 것도 있었지만, 눈앞에 드러난 소림사 외관이 말을 잃게 만들었다.

탁연수도 딱히 할 말이 없어서, 두 손은 허리에 얹은 채, 괜히 두리번거렸다.

문은 어디론가 날아가고, 좌우로는 벽돌담 태반이 무너져 있었다. 여기를 밟고 들어선 것이 분명하다.

세세(世世)를 이어온 천년 고찰, 소림사가 이러한 모습이라니.

소명과 호충인은 본산의 모습을 기억하는 바인지라, 더욱 표정이 좋지 않았다. 꾹 참다가, 결국 내뱉는 한숨은 무거웠다.

밖이 이러한데, 본산의 피해가 어느 정도일지. 굳이 확

인하게 되는 것이 한참 두려운 일이었다. 잠깐의 주저함이었지만, 시간은 한참 흐른 듯했다.

탁연수가 소명, 호충인, 둘의 어깨를 툭 치면서 말했다.

"가자. 여기서 넋 놓고 있을 때는 아니지."

"그래."

셋은 누가 먼저랄 것도 앞으로 나섰다. 걷는 걸음이 무거웠다.

＊　　　＊　　　＊

츠아아아아앙! 츠츠츠츠츠!

끝도 없이 퍼져가는 기음, 그것은 숭산 전역으로 넓게 넓게 퍼져갔다.

돌연한 산사태가 일어나서 숭산 한구석이 그대로 무너지기라도 하는 듯하다.

그 소리를 듣기가 무섭게 산세 한구석에 있던 자들이 번쩍 고개를 치켜들었다.

창백한 얼굴이 한껏 일그러졌다. 흉신악살이 세상에 내리면 이러한 얼굴일지도 모르겠다. 울리는 이 소리를 다시 듣게 될 줄이야. 저 너머에 누가 있는지를 뻔히 알려주는 셈이었다.

등벽은 그야말로 이가 바스러질 듯이, 힘껏 이를 갈아붙였다. 빠드득, 울리는 소리가 섬뜩했다.

"권야, 권……야……. 이 저주받을 자가……!"

지금 터져 나오면서, 숭산 일대를 뒤흔드는 강렬한 소리, 그 소리는 기억 속에서 한없이 선명했다.

저 소리 한 번에, 지금까지 성마의 존체를 찾아 헤매야 하지 않았던가.

저 소리 한 번에 수십 년의 적공이 사라지지 않았던가.

저 소리 한 번에.

"끄, 끄아아아악!"

결국에, 등벽은 가슴 깊은 곳에서 치밀어 오르는 뜨거운 분노를 다잡지 못했다. 그야말로 미친 듯이 드높이 울부짖었다. 그러쥔 두 주먹이 바르르 요동치고, 걸친 창포가 찢겨나갈 것처럼 솟구쳐 펄럭였다.

하늘 향해서 토해내는 울부짖음은 그렇게 처절하고, 사나웠다.

소림 방장의 무상대능력 앞에 발길이 멈추고, 그것을 겨우 깨뜨릴 즈음에는 검백이 등장했다. 일단 전열을 다시 정비할 상황이라서 물러서기는 하였는데.

그러나 저기 들리는 소리는 그렇지않아도 요동치는 등벽의 속내를 무참하게 뒤흔들었다.

저 소리가 터졌다는 것은 성마제일적이 등장했다는 뜻이

면서 또한 수하들 목숨이 몇이건 사라졌다는 뜻이기도 하다.

어찌 평정심을 유지할 수가 있겠는가.

지금처럼 다급할 때가 아니라, 평소의 등벽이라 해도 가능한 일이 아니다.

숭산 너머에서, 등벽은 몸부림쳤다. 그 울부짖음에는 이미 살의와 노기가 뒤섞여서, 가까이 있는 자들에게는 자체로 실체적인 재난이나 다름없었다.

여기서 경지가 부족한 마인이라고는 단 한 사람도 없건만, 노성과 함께 몰아치는 등벽의 살기를 넘길 수 있는 자 또한 없었다.

살기 어린 기파는 강렬하고, 지독하다. 이것은 심의상인(心意傷人)으로, 더 나아가면 심즉살(心卽殺), 마음을 품는 순간에 상대를 죽일 수도 있는 경지라 하겠다.

마인들은 다급히 공력을 일으켜서 겨우 버티거나, 등벽의 기파를 떨쳐낼 수 있었다.

"크윽!"

"허읍!"

당황한 신음이 여기저기서 터졌다.

순간 대응하지 못하고 휩쓸린 자는 그만 피를 토하며 고꾸라졌다. 그런 이들은 다급히 부축해서 권역 밖으로 피신시켰다.

와중에도, 등벽과 함께 천산에서 일을 겪었던 자들은 크게 이해하는 바였다. 그들 또한 소리를 듣자마자 등벽 못지않은 분노에 몸을 떨었다.

등벽의 기파가 워낙에 강렬했기에 망정이다. 그렇지 않았다면, 그들 또한 저 저주받을 소리를 듣자마자 뛰쳐 내려갔을지도 몰랐다.

"흐으, 흐으으."

등벽은 곧 숨을 토해내면서 속을 다스렸다. 그는 산발한 채, 두 어깨를 축 늘어뜨렸다. 한층 지친 모습이다.

왈칵 터뜨린 기파 탓에 주변이 온통 엉망진창이었다.

밟고 서 있던 바위가 둥그렇게 깎여나가서 돌가루가 마구 솟구쳤다. 덕분에 주변 마인 모두가 머리부터 발끝까지, 잿빛 꼴을 하고 있었다.

이 모두가 자신이 이성을 잃은 탓이다. 아무리 그래도 이것은 부끄러운 일이라.

"못난 모습을 보였군. 부끄럽네."

"어디 그런 말씀을……. 좌현사가 아니셨다면 저희가 폭발했을 것입니다."

"음, 그리 말해주니 고맙군. 헌데, 기어코 저놈이 내려왔군. 그래."

"예."

좌현사의 폭발을 가까이에서 감당해내고도 너끈한 몇몇 마인들이 고개를 끄덕였다. 그들 얼굴에도 새파랗게 한 쌍의 귀화가 무섭게 일렁였다.

그들은 좌현사의 수족으로 중원 곳곳을 수년 동안 헤매고 다닌 자들이었다. 앞에는 마령사자도 있었다.

그들이라고 그날을 기억 못 할까.

뿌득, 맞물린 어금니가 비틀리면서 험한 소리가 흘렀다. 여기서 영문을 모르는 것은 천산지변에 대한 자초지종까지 알지 못하는 중원의 마인들 뿐이겠다. 그들을 탓할 일은 아니었다.

"후우……."

숨을 다듬고서, 등벽은 성큼 걸었다. 그는 절벽 끄트머리에서, 소림사의 모습을 물끄러미 내려다보았다. 새삼 어리는 산무가 있어서, 소림사 모습이 한층 멀었다.

"권야가 이렇게 때맞추어서 도착할 줄이야."

"좌현사, 어찌하면 좋겠습니까?"

"어찌하다니? 지금 다른 선택지가 어디 있다고 그런 말을 하시는가."

애써 차분한 목소리로 말했다.

제법 수세에 몰렸다면 수세에 몰려 있는 상황이었다. 개방의 저력은 과연 놀라웠으니. 소림사를 도모하는 일로,

몇이나 되는 이매망량을 비롯해서, 세상 곳곳에 뿌려놓은 마도 씨앗을 막무가내로 거두기는 하였다. 그렇지 않았더라도, 이내 개방의 끈질긴 추적에 쓸려나갈 것이 뻔했다.

그만큼이나, 개방은 성마교에 대해서 이를 갈고 갈았다. 좌현사가 소림사와 검백을 대하는 것과 별반 다르지 않을 듯했다.

개방이 지닌 조직력도 그렇지만, 그 조직을 완벽하게 장악하고 있는 늙은 괴물은 좌현사로서도 상당히 껄끄러웠다.

"뇌공, 그 작자만 아니었어도."

등벽은 불현듯 이를 드러냈다. 뇌공의 비루먹은 얼굴이 떠올랐다.

감수해야 할 피해가 너무도 거대했다. 이런 때에 설상가상이라 해야 할지, 십수 년 동안 활동이 없던 천룡세가마저 움직이기 시작했으니.

등벽은 천하 이목을 모두 돌리고자, 천하를 흔들어놓지 않았던가.

그런 희생 끝에, 드디어 소림사를 마주했다. 어려운 길이었다. 이제는 어찌 되든 간에, 여기 소림사에서 끝을 보는 것이 마땅한 일이었다.

"잊었는가. 우리의 대업이 무엇인지."

"저희가 어찌."

마령사자를 비롯한 노마인들이 급히 고개 조아렸다.

다른 마인들도 마찬가지였다. 좌현사도 그들을 달리 타박하려는 것은 아니었다. 무감정한 눈으로 산사의 고요함을 다시금 노려보았다.

붉은 눈에 어리는 뜨거운 열기는 그 자체로 안개를 녹여버리고서, 멀리 있는 산사를 불태우기라도 할 듯했다.

"소림사를 에워싼 천라지망을 다시 갖추어야겠습니다."

"아니, 그럴 것 없네."

등벽은 고개를 저었다. 분노는 그대로, 그러나 낯빛은 하염없이 차디차다.

이것이 좌현사의 본래 모습이라 하겠다.

냉정한 분노, 그는 차갑게 말을 이었다.

"상황을 오래 끌 것도 아니니……. 에워싸고 있는 것으로 무슨 의미가 있겠나. 오히려 괜한 피해만 이어질 뿐이니. 그리고 천하 각지에서도 형제들이 달려오고 있지 않은가. 뒤는 그들에게 맡기는 것으로 하고. 이제는 다음 패를 꺼내야겠네."

"허면……."

좌현사는 불끈 힘주어 주먹을 그러쥐었다. 그러면서도 입가에 맺힌 조소는 한참 차갑다.

"그래, 그 패를 쓸 때가 된 것이지."

지금 말하는 마지막 패, 아직은 설익었다. 완전하게 써먹기에는 마땅치가 않다.

하지만 완전하지 않아도, 이보다 더 뛰어난 패는 아마 없을 것이다.

그것만은 분명했다.

이 패를 준비하고자 들인 공과 희생을 생각하면, 심지어 좌현사조차 절로 숨이 막혀왔다.

패가 무엇인지 알고 있는 여기 수뇌들은 크게 당황한 기색이었다. 그러나 이책을 준비한 당사자로, 마령사자는 담담했다.

"예, 좌현사. 대강의 준비는 해놓았습니다. 봉인을 풀기만 하면 바로 움직일 수 있습니다."

소림사가 먼저였다.

마령사자를 비롯한 여기 몇이 좌현사가 구상한 그림의 대강을 알고 있는 전부였다. 그들은 무겁게 고개를 끄덕였다.

"패라는 것은 쓸 때에 써야 의미가 있는 것이지요."

"허허, 그때에 들어간 공이 헛되지 않으니. 오히려 좋은 시기라 하겠습니다"

마른 웃음을 흘리면서 한마디씩 꺼냈다. 등벽이 말하고, 마령사자 준비한 패를 쓸 때는 곧 전력전이었다.

가능한 모든 것을 투사할 때이다.

"그럼, 부족한 이 늙은 노비도 준비 해야겠습니다."

"모든 것은 성마의 광영을 위해서."

"성마께 받은 것, 성마를 위해 바치리다."

그들은 손을 모아, 성마의 수인을 맺고서, 짧은 축문을 읊었다. 마지막을 생각한다는 뜻이다. 곧 돌아서서 흩어졌다.

다만 한 사람이 남아 있었다.

마령사자, 그는 남아서 등벽 옆에 섰다.

"결국, 여기까지 왔군요."

"그래, 여기까지 왔네. 성사 여부는 여기서 판가름이 나는 바이지."

"손해는 충분히 감수할 수 있고, 감수해야 마땅한 일이기는 합니다."

"어차피 나중이란 없네. 알겠지?"

"……예, 좌현사."

마령사자는 허리 숙인 채, 물러섰다.

나중이란 없다. 참으로 여러 가지를 품은 말이었다. 마령사자는 속뜻을 헤아렸기에 더욱 숙인 허리가 무거웠다.

등벽, 개인에게도 나중은 없었고, 성마교에게도 나중은 없었다.

오늘, 이때가 성마교 최후의 날이라 해도 아마 과언이 아닐 터였다. 마령사자는 감히 다른 말은 할 수가 없었다.

무운(武運)이든, 천운(天運)이든, 그 무엇도 좌현사 등벽에게는 할 수 있는 말이 아니었다.

혼자 남은 등벽은 입술을 질끈 물었다. 감정의 편린은 아직 남아서, 그를 괴롭게 하고 있었다. 굳이 말로 할 것도 없었다.

여기에는 성마교 백여 년의 전력이 모여 있었다. 그리고 저쪽에는 이름만으로 저주스러운 권야를 비롯해 천하제일 고수로 부족함이 없는 검백이 있다. 그리고 소림사였다.

성사 여부를 떠나서, 그 피해는 막대할 것이다. 그럼에도, 등벽은 지금일 수밖에 없었다.

"시간이 없어. 시간이……."

등벽은 낮게 중얼거렸다.

소명과 호충인, 그리고 탁연수가 들어선 소림사는 한참 고요하고 차분했다. 적어도 겉으로 보기에는 마구니에게 포위당하고, 한차례 폭풍이 휩쓸고 지난 다음이라고 하기에는 이상할 정도로 조용했다.

외원에는 담이고, 불사고 할 것 없이 엉망이었지만, 산사의 고즈넉함을 지켰다. 다만, 슬프고 슬펐다.

소명은 참사가 벌어진 외원 한복판에서 잠시 멈췄다.

헙, 저도 모르게 숨을 삼켰다. 채 한 시진도 지나지 않은 듯하다. 할퀴고 지나간 흔적은 물론이거니와, 이곳에 남아 있는 거력의 잔재가 선명했다.

"무상……대능력."

소명은 낮게 속삭였다.

수십, 수백에 이르는 마인이 요란을 부렸지만, 그 전부를 압도한 것은 무상대능력의 보력이다. 그러나 막상 소명의 낯빛은 좋지 않았다.

이만한 규모로 방신기를 뛰어넘어, 무상대능력을 가득 펼쳐냈고, 거기에 끝없는 마인들이 마공기력을 쏟아낼 터이다.

그 광경이 선명하게 그려지는 듯했다.

사찰은 무사하니, 버티어낸 것은 분명한 일이다. 그렇다면 무상대능력을 버티어낸 이는 과연 어떤 상태이겠는가.

"읍!"

소명은 덥석 입술을 깨물었다. 생각하기조차 싫은 일이었다. 그러나 생각하지 않을 수 없는 일이기도 했다.

당금 무림에서 무상대능력을 이 경지까지 이루어낸 이는 단 한 사람밖에 없었다.

"야, 괜찮냐?"

"소명."

소명의 얼굴이 일변하는 모습에, 주변 살피던 호충인, 탁연수가 급히 다가섰다. 흔들리는 어깨를 움켜쥐었지만,

소명은 반응하지 못했다.

바닥을 보는 눈동자가 급하게 요동쳤다.

"소명 사형."

차분한 목소리에 소명은 문득 고개를 돌렸다. 그 자리에는 법자배의 젊은 승인, 법인이 있었다.

그는 흐린 미소를 그린 채, 합장한 모습으로 서 있었다.

"아미타불, 위험한 이때에 와주셨군요. 호 문주께서도."

"조금 늦은 듯합니다. 법인 스님."

호충인 또한 주변을 어두운 눈으로 돌아보면서 말했다. 본산의 앞마당이 이러한 모습이라니, 참으로 안타까운 일이 아니겠는가.

법인은 급히 고개를 가로저었다.

"아닙니다. 그런 말씀 마십시오. 바깥에 얼마나 많은 마인들이 진을 치고 있는지 보아 알고 있습니다. 그 험로를 뚫고 오신 분들이 어찌 그런 말씀을 다 하십니까."

그는 곧 옆으로 물러서면서 길을 청했다.

"안으로 드시지요. 어른들께서 기다리고 계십니다."

"방장께서도."

"예, 많이 지치셨습니다만……."

법인은 말끝을 흐렸다.

소명과 호충인, 그리고 내내 말없이 주변만 살피던 탁

연수는 법인의 안내를 받아서, 내원으로 들어섰다. 걸음은 가볍지 않았다.

그래도 외원과는 달리 온전한 모습이었다.

걷는 중에, 법인은 지금 본사의 상황을 대략적으로나마 설명해주었다.

사람이 없다는 것. 그것이 제일로 문제인 셈이었다.

셋 다 그 연유를 알기에, 덧붙일 말도 없이 입술을 꼭 다물었다. 어깨가 한참 묵직했다.

"이곳입니다."

"고맙소. 법인 스님."

"아미타불."

법인은 깊이 허리를 접었다. 낡은 담 앞에서 그는 돌아섰다. 그곳은 다른 장소가 아니었다.

불과 얼마 전이었다. 소명이 소림 제자로서 마땅히 갖추어야 할 바탕을 직접 가르침 받은 내원 심처, 일심정이었다.

그 안으로 들고 보니, 병색으로 초췌하려나, 그래도 꼿꼿한 모습으로 자리 지키고 있는 방장이 있었다.

방장은 흐린 미소를 머금고서 들어서는 소명을 반겼다.

"왔구나, 용문제자."

그러고는 좌우에서 몇몇 공자 배 노승들이 한마디씩 거들었다.

"오오, 왔구먼."

"허허, 몸 성한 모습으로 이리 보는구나."

"참으로 반가운 일이야. 참으로."

노승들은 덕담처럼 한마디씩 했다.

다들 입가에는 흐린 미소를 머금고 있었다. 그 미소가 차라리 괴로우려나.

소명 역시 애써 미소를 그리고서, 어른들 앞에 합장하고 서 공손하게 허리를 접었다.

호충인과 탁연수가 한 호흡 늦게 고개를 숙였다.

"제자 소명, 막 돌아왔습니다."

"제자 호충인, 인사 올립니다."

"강시당 탁연수가 소림 선승들을 뵙습니다."

탁연수도 어렵기는 마찬가지였다. 강시당 이름에 노승들은 퍼뜩 눈을 동그랗게 떴다. 강호 신비 중 한 곳이 아닌가. 근자에 활발하다고 해도, 관심은 자연스럽게 가기 마련이었다.

"오호, 강시당이라. 그 이름은 실로 반백여 년 만에 마주하는구나. 본사와 강시당이 분명 교류가 있는 편은 아니었지."

"혹여, 전대 당주인 탁 노선사와는 어인 관계인고?"

"조부 되십니다."

"호오, 과연, 과연. 그럼 자네가 당대의 당주이신 겐고?"

"부족할 따름입니다만."

"부족하다? 그리 말하는 것은 과하지 않겠나. 내 지금 보기에 자네 성취가 당년 노선사를 넘어서는 구면. 십성? 아니군, 자네 십일성은 확실히 넘어섰어."

"이제 약간의 성취를 이루었을 뿐입니다. 여러 고승분들 앞에서 부끄럽습니다."

탁연수는 겸양을 내비치면서 다시금 허리를 깊이 접었다. 여기 노승들 앞에서는 어디 어디 당주입네, 문주입네 하면서 고개를 뻣뻣하게 들 수는 없는 일이었다.

더구나 흘깃 보는 것으로 자신의 성취를 대강 짐작해내다니. 역시나 소림이다.

탁연수는 내심 감탄했다.

"아아, 지금이 계속 붙잡고 있을 때인가. 자리라도 앉히고 얘기를 해야지."

"그래, 그래, 그만두고 자리에 앉게나."

"그렇지. 아직 일이 많이 있네."

무겁고 착잡한 얘기는 나중에 나눌 것이고, 당장은 소림사를 살피고 볼 일이었다. 노승들의 손짓에, 세 사람은 바로 자세를 고쳐서는 자리에 무릎 꿇고 앉았다.

그런데 노승들 사이에 낯선 이가 있었다. 서너 자리 뒤에 홀로 앉아 있는데. 모습은 보이지만, 그 모습은 마치 환영과도 같아라.

숨소리는커녕 온기조차 느껴지지 않는다.

눈으로 보고 있으면서도, 존재는 감지할 수가 없다는 것이다.

과연 사람이기는 한 것인가.

소명은 눈으로 그를 보는 순간에, 덜커덕 가슴이 내려앉았다.

말이 좋아 비인의 경지라고 하는데. 저기 있는 자는 말그대로 비인이라 할 수 있다.

단순한 경지를 논하는 것이 아니다.

소명은 그를 보는 순간, 고요한 검 한 자루를 바로 떠올렸다. 비록 검초 안에 들어 있어서, 날과 빛을 감추었지만, 한번 뽑혀 나오면, 하늘을 가르고 산을 쪼갤 수 있는 검이다.

소명은 저도 모르게 중얼거렸다.

"신……검……."

"응? 아하하하. 과연 용문제자로구먼. 과연, 과연."

방장은 이 소명의 중얼거림을 듣고는 그만 너털웃음을 흘렸다. 그러고는 바로 몸을 돌렸다.

"선배, 이게 바로 자랑스러운 소림사의 용문제자이지."

기척도 없이 조용히 있던 노인이 고개를 들었다.

그는 빛없는 눈으로 소명의 놀란 눈을 마주하고서는 알았다는 듯이 고개를 끄덕였다.

호충인과 탁연수는 그제야 노인이 있음을 알았다.

노승들 모습에 가려져 있기도 하였으니. 하고 크게 생각지 않았는데. 바로 옆에 있는 소명의 얼굴이 원체 심각했다.

"야, 왜 그래."

"……"

소명은 아무 소리도 할 수가 없었다. 빛 없는 눈동자와 마주하는 순간, 소명은 수십, 아니다. 수백, 수천에 이르는 검자루가 자신을 겨누는 것을 똑똑히 느낄 수 있었다.

'위험!'

긴장한 것은 그대로, 공전무용은 소리 없이 일어서 전신을 아우르다시피 했다. 그럼에도 여차하면 팔 하나 정도는 포기해야 할지도 모르겠다.

'그 정도만 되어도, 천운이라 하겠지.'

소명은 무릎 꿇은 모습 그대로 검을 지닌 노인의 눈길을 그대로 받았다.

두 사람은 침묵한 와중에도 손속을 나누고 있었다. 노인의 의념은 그대로 소명에게 전해졌다. 무형의 검기가 솟구쳐 소명을 노린다. 소명은 마주하여서 의념으로 손을 쓰는 한편, 자리에서 버티고자, 공력을 다해야 했다.

실로 어마어마한 상대였다.

노인, 검백 사마종은 집중하는 소명을 더욱 몰아쳤다.

—호오, 호오, 호오.

감탄이 연이었다.

화산 절애에서 오래도록 참구하면서 부수적으로 얻은 무상검결(無相劍訣), 저기 눈앞에 있는 소림사의 어린 용문 제자는 그것을 거뜬하게 받아내고 있지 않은가.

이것을 보고서 어찌 감탄하지 않을 수가 있겠나.

—참으로 인룡이로다. 아니지, 아니야. 인룡이라 할 것이 아니다. 이미 비바람을 지녔으니. 신룡이라 하기에 부족함이 없겠구나.

근자에 천하오절이라는 이름에 한 이름이 더하여서 육절이라 한다더라는 것을 하산하면서 들은 바였다. 딱히 불편할 것은 없었다.

육절에 이른 자가 한참 젊다고는 하지만, 만천옹의 성미를 본다면 결코 부족할 리가 없다고 여기는 까닭이었다. 그런데 막상 마주하고 보니, 기대하던 바의 이상이지 않은가.

수십 년 세월을 능히 따라잡고서, 목전에 이르렀다는 것이라서.

검백 사마종은 오히려 기꺼웠다.

그런 한편으로 무상검결을 쉽게 거두지 않았다. 눈앞의 권야가 진지하게 전력을 기울이는 만큼, 자신 또한 한 수의 여유도 두어서는 안 될 일이다.

—흠, 어디 이것도 받아 보아라.

무상검결, 전면을 가득 메운 무형의 검로가 삽시간에 둥
글게 퍼져나가서, 소명을 한껏 에워쌌다. 순간 투망을 떨
쳐내는 듯하다.

그때에 사마종은 고개를 끄덕였다.

움직임 없이, 사마종과 마찬가지로 의념 만으로 용케 무
상검결을 막아내던 소명이다. 그가 홀연 두 손을 치켜들었
다. 참으로 곱고 고운 손이 아닌가. 그런데 두 손이 마치
나비의 날갯짓처럼 유려하게 움직였다.

이리 잡고, 저리 흔들더니, 부드럽게 움직여서 결국 가
슴 앞에 합장을 취했다. 그 절묘한 궤적을 사마종은 똑똑
히 보았다. 그러고는 대뜸 무릎을 쳤다.

—하, 하하하!

소리 없는 웃음이다. 그러나 소명은 웃음을 들을 수가
있었다. 얼굴은 맺힌 땀방울로 한참 흥건했고, 낯빛을 갑
작스러울 정도로 파리하다지만, 그래도 입가에는 흐린 미
소가 맺혔다.

멈췄던 시간이 한순간에 후르륵 흘렀다.

아연한 기색으로 있던 호충인과 탁연수가 자리를 박차고
벌떡 일어났다.

"소명!"

"소명아!"

가슴 앞에 합장한 소명의 모습이 너무도 힘겹지 않은가. 찰나에 불과한데, 돌연 심각한 내상을 당한 사람처럼 얼굴이 창백했고, 땀에 젖어 있으니. 어찌 놀라지 않겠나.

둘은 바로 소명 앞을 막아섰다. 무슨 일이 벌어졌는지 짐작조차 가지 않으나, 일단 소명을 지켜야 한다는 생각뿐이었다.

그런데 소명은 미미할 정도라도 고개를 흔들었다.

"괜찮, 괜찮아."

"야, 괜찮기는 이게…… 무슨……."

소명은 쓴웃음 짓고서 새삼스레 합장한 채 고개를 숙였다.

"삼가 가르침에 감사드립니다. 검백 노선배."

"뭣, 검백!"

"으힉!"

돌연한 이름이다.

호충인과 탁연수는 기겁했다. 마냥 태연하게 들을 수 있는 이름이 아니다.

검백이라니.

수십 년간 불변(不變)인 천하제일검이며, 천하제일의 무인이라 하는 검백이 저 노인이란 말인가.

아연실색하는 둘이다. 그러자 노인은 입술의 좌우 끝을 가볍게 들썩였다.

사마종은 가볍게 손을 흔들었다. 그러자 불현듯 한 줄기 미풍이 일어서, 일심정을 가볍게 쓸고 흩어졌다. 진정 가벼운 바람에 지나지 않은데, 호충인과 탁연수는 저도 모르게 어깨를 흔들었다. 무엇 때문인지 몸의 중심이 흔들렸다.

흩어진 미풍.

사마종은 고개를 들어서, 입술을 달싹였다. 소리가 없으나, 소명은 그 뜻을 정확하게 받았다.

잠시 눈을 크게 떴지만, 이내 쓴웃음을 짓고 고개를 숙였다.

소림사 후원, 탑림이 멀지 않은 곳에 있다.

그곳에서는 부는 바람이 낡은 탑 사이로 스며들어 세찬 소리를 내었다. 소리를 귀 기울이고 있으려니, 소명은 문득 들려오는 발소리에 몸을 돌렸다.

공손하게 두 손을 맞잡았다.

"검백 노선배."

─되었네.

사마종은 가만히 손을 흔들었다. 그는 여전히 뒷짐을 진 채, 고요한 모습이다.

하늘 아래에 가장 강한 여섯 고수, 곧 천하육절(天下六
絶)이다. 그중 두 사람이 새삼 어깨를 나란히 한다.

사마종은 소명 옆에서 스산한 탑림 일대를 찬찬히 둘러
보았다.

—아주 어렸을 적에, 스승의 뒤를 쫓아서 소림사에 든
적이 있었지. 그때에도 탑림은 이리 쓸쓸하였는데.

소림사 탑림은 그것만으로도 귀중한 유산이라고 할 수
있었다. 여러 고승의 진신사리를 봉안하면서 수백 년 세월
동안 자리를 지켜왔으니.

사마종은 문득 물었다.

—그래, 무엇을 얻었는가.

"무엇을 얻었느냐……. 그리 물으시면 뚜렷하게 드릴
말씀이 없군요."

얻었느냐, 얻지 못하였느냐로는 표현할 수가 없었기 때
문이었다. 감히 천하 만류의 검법을 모두 아우른다고도 말
할 수 있는 무상의 검기였다.

떠올리는 것만으로도 소름이 돋을 지경이다. 실제라면
아무리 곤음수라고 한들, 온전할 수 있을까. 전혀 자신할
수가 없다.

허실이 하나였고, 실린 기운은 그야말로 신의 영역에 이
르러 있으니.

세상이 어찌 그를 두고서 검백이라 칭하는지, 소명은 뼛속 깊이 깨달았다. 그 사이, 사마종은 뒷짐을 진 채, 눈을 돌렸다.

　—방장이 큰 희생을 하였어. 자네도 알겠지.

　"……."

　소명은 입술을 꽉 깨물었다.

　자리에 들어설 때에, 드러내지는 않았지만, 진정 소스라치게 놀랐다. 방장의 얼굴은 그저 병색이라고만 말할 수가 없는 상태였다.

　정기를 크게 잃었고, 원정이 깨졌다.

　방장의 공력은 아직도 충만했지만, 그것이 방장의 안녕을 말할 수는 없었다.

　시시각각, 방장은 쇠하기 시작할 터였다.

　"무상대능력을 한계 이상으로 펼치셨다 들었습니다."

　—아무리 완성경에 이른 무상대능력이고, 불문정종내력이라 하여도, 한계는 있는 것이지.

　"제자가 부족한 탓입니다. 제자가 서둘렀더라면, 조금이라도……."

　—어허, 자네는 어찌 그런 말을 하는가. 방장은 방장으로 뜻을 세운 것이니, 제자를 지켜, 소림의 정신을 구현해내지 않았느냐.

사마종은 사뭇 묵직한 심어로, 소명의 자책을 꾸짖었다.

소림의 정신은 사람과 사람으로 이어지면서 흐른다.

또한, 소림의 무는 곧 선무(禪武)라, 세상을 밝히는 바람직한 수양의 수단이 아니겠는가. 그로 제자를 지켰으니.

방장은 마땅한 도리를 행한 것이다. 그것에 슬프거나, 안타까워할 수는 있어도, 자책할 일은 없는 바이다.

소명은 입술을 질끈 깨물었다. 벅찬 숨을 차분하게 다잡았다. 검백의 꾸짖음이 가슴을 울린다.

이내 벅찬 숨을 차분하게 다잡았다. 소명은 새삼 가슴 앞에 두 손 모아, 합장하고서 고개를 숙였다.

"검백 노선배, 감사드립니다. 검백께서 아니 계셨다면, 소림사에 또 무슨 화가 미쳤을지. 감히 짐작하기 어렵습니다."

—아아, 그럴 것 없네. 성마의 일에는 이 사람 또한 책임이 있으니.

"책임이라 하시면?"

오늘의 일은 성마교와 소림사 간의 오랜 분쟁이 원인이 아니겠나. 어찌 검백이 스스로 책임을 말하는 것인지.

소명은 퍼뜩 고개를 들었다.

검백은 뒷짐을 진 채, 문득 고개를 돌렸다. 그는 탑림을 지나서 소림사를 에워싸고 있는 소실봉의 푸른 전경을 차차로 둘러보았다.

—과거 성마를 제압한 것은 스승 되시는 신검이시네.

"예."

—그러나 성마를 멸하지는 못하셨지. 성마는 그 자체로 사람이 아닌 무엇이기 때문일세. 하여, 스승께서는 성마의 영육을 분리하여서 깨어나지 못하도록 봉인하신 셈이야.

소명은 차분한 기색으로 귀를 기울이다가, 퍼뜩 고개를 치켜들었다. 갑작스럽게 가슴 한구석이 섬뜩했다.

마치 날카로운 칼날이 가슴을 스치고 지나친 듯했다.

"그 말씀은, 성마가 돌아올 수 있다는 뜻입니까?"

—그는 지금도 깨어나려 하고 있네. 그 때문에 이 사람도 섣부르게 손을 쓸 수가 없지.

"그것은 어인 말씀이신지."

—성마를 깨우는 데에 있어서 가장 큰 열쇠는 본파의 검기일세. 신검기가 발현할수록 성마의 영을 자극하기 때문이지.

검백은 차분하게 말했다. 그러나 듣는 소명은 전혀 차분할 수가 없었다. 강호의 일대비사를 지금 듣게 될 줄이야.

소명은 눈썹을 바짝 모았다. 심각한 기색으로 검백이 전하는 말을 깊이 고민했다. 굳게 다문 입술이 쉽게 열리지 않았다.

신검기. 다른 이름으로는 검령신검기(劍靈神劍氣)라고
한다.

그야말로 신검일맥으로 전해지는 무상의 공력이라고 할
수 있었다. 까마득한 세월 이전에, 성마가 크게 발호하여
서 천하를 피로 씻었을 때에, 신검조사께서 직접 나서서
성마를 제압하고, 그 영육을 흩어놓았다.

그로부터 마도가 크게 힘을 잃었다.

다만, 그때의 일로 신검기를 함부로 일으키면 그것이 곧
성마를 불러내는 열쇠가 되어버린다.

소명은 먼 산을 지그시 보는 사마종의 눈길이 한참 복잡
한 것을 이제 짐작할 수 있었다.

힘이 있음에도, 함부로 발현할 수가 없는 힘이라니.

검백 사마종.

그 이름은 언제고 강호의 첫 번째에 있으나, 막상 사마
종의 강호활동을 따져보면 참으로 빈약할 정도였다.

각자 일가를 이루었던가, 마땅한 무위를 천하에 드러낼
터인데. 사마종의 경우에는 오히려 여러 고수가 찾아갔다
가 조용히 물러났을 따름이다.

그들 입에서 패배를 자인한 까닭에 검백의 이름이 높이
섰으니. 결코, 검백 사마종이 직접 나서서 신위를 드러낸
적은 한 번도 없다시피 했다.

그 연유가 설마 성마의 영욱을 억제하기 위함일 줄이야.

신검으로부터 전해지는 신검기에는 그러한 업보가 따르는 것이다.

검백은 성근 수염을 쓸어내리면서 흘깃 소명을 돌아보았다. 아득한 소명의 눈빛을 보고서, 노인은 입을 벌려 웃었다. 소리 없는 웃음이지만, 연배를 헤아릴 길 없이 참으로 맑은 웃음이었다.

지난 세월에도, 검백은 천진함을 잃지 않았다.

─그리 볼 것 없네. 이것은 신검일맥의 사명이며, 업보라 하겠으니.

"노선배."

─그보다, 저들이 아주 작정을 한 모양이야. 기어코 나를 산에서 내려오게 하였어.

사마종은 눈을 다시 떴다. 웃음은 사그라졌고, 주변을 맴돌았던 온후한 기운도 언뜻 싸늘하게 가라앉았다.

사마종의 눈길이 먼 곳을 향했다.

성마의 마인들이 움직이는 것은 익히 알았지만, 그 움직임이 심상치 않음을 개방을 통해 듣고서, 그는 내내 산중에 은거하고만 있을 수는 없었다.

성마의 발호는 곧 그의 사명이나 다름없으니.

신검기를 허투루 사용하지 않을 작정이었지만, 시기가

온다면 사마종 또한 각오한 바였다. 그런데 막상 소림사에서 마주한 권야를 마주하니, 마음의 짐을 한층 덜어낼 수 있었다.

믿을 만한 후배가 아닌가.

문득 사마종이 뜻을 전했다.

—저들이 이제 움직이는구나.

"예."

소명은 당황하지 않고 고개를 끄덕였다.

둘은 같은 곳을 보고 있었다. 햇빛 아래에서 한참 고요한 숭산의 풍광이었다. 완만한 경사를 따라서 드리운 산세, 곳곳에서는 하얀 산무가 흐리게 맴돌 따름이었다.

푸르름이 여전한 가운데, 서서히 색을 달리하고 있다. 진창이 몰려오는 듯하다.

검백은 보아서 알았고, 소명은 느껴서 알았다.

잠시 조용했던 마기가 부산스럽게 움직이면서 산중정적(山中靜寂)를 크게 흔들고 있었다. 때가 오고 있었다.

소명은 한숨을 삼켰다.

오늘의 이것이 악연의 고리를 끊어내는 때인지 모르겠다.

아무려나. 소명은 공력을 다잡고, 정신을 똑바로 일깨웠다. 이제부터는 아무런 사감(私感)도 없다.

그저 지키고, 부수어 나아갈 뿐이다.

소림사 용문제자이나, 그는 또한 서천의 전설, 권야이다.

일어나는 공전무용, 그것의 격렬한 진동이 전신에서 비롯하여 서서히 멀리까지 영향을 미쳤다.

검백은 소명을 다시 바라보았다.

자연스레 일어나는 기파, 그 아득함을 보았다. 또한, 그것이 전부가 아니라, 그로 다잡은 본래 기운을 감지했다.

검백은 낮은 탄성을 흘렸다.

―허어, 자네는 세상 근본에 가까이 다가가 있군.

소명은 검백의 탄성을 듣고는 잠시 멋쩍은 미소를 그렸다. 분명 소명이 공전무용이라는 신공을 통해서 품은 단은, 천지간에 가장 영통한 기운으로, 근원에 가장 가까이 다가간 기운이다.

"한참 부족하여서, 부끄러울 뿐입니다. 고작 한 조각에 불과한 것을 제대로 다루지도 못한답니다."

―허허, 자네가 말하는 한 조각을 두고서 세상은 여러 이름으로 부르네만, 스승께서는 그를 신기라 하시었지.

"신기."

분명 신인에 이르는 길이니.

―하하, 오늘 이 늙은이가 또다른 신기를 목격하였으니, 덕분에 개안을 하였네.

검백은 어둑한 마기를 마주하는 와중에도 흐뭇함에 웃음을 지었다. 그 말은 소명이 검령신검기에 버금가는 경지라는 것을, 검백이 인정하는 셈이었다.

"부끄러울 뿐입니다."

소명은 가슴 앞에 두 손을 모아, 합장하면서 살짝 고개를 숙였다.

문득 검백은 웃음을 거두고 새삼 진지하게 소명을 직시했다. 그의 뜻이 소명에게 그대로 전해졌다.

무어라 하였는가.

소명의 낯빛이 딱딱하게 굳었다. 그러나 마주하는 눈빛에는 미동조차 없어, 검백의 눈길을 그대로 마주하였다.

소명은 말했다.

"후배, 때가 온다면, 절대 마다치 않겠습니다."

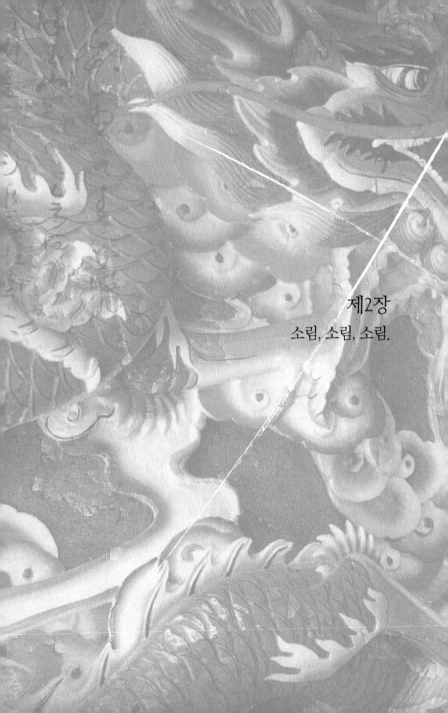

제2장
소림, 소림, 소림.

새벽 어슴푸레함이 잦아들었다.

동산에서 햇빛 무리가 어려 있었다. 곧 하늘 위로 솟을
듯했다. 쪽빛 물드는 하늘이다. 그러나 소실봉 주변에는
검은 구름이 뚜렷하게 고여 있었다.

그리고 그곳으로 밀려드는 수많은 그림자는 진득한 마기
를 전신에 두르고 있었다.

진창 같은 검은 기운이 그대로 유형화하여서 줄기줄기
흘려댄다. 그것이 허공에 얽혀서 흡사 구름을 이루는 듯하
다. 저것은 마종무애라고 하는 현상.

실제로 가능한 것인지, 두 눈으로 보고 있음에도 쉽게 받아들일 수가 없었다.

마도의 검은 구름이 뒤엉켜서 밀려오고, 한발 늦게 마인들이 다가오고 있다. 그 모습을 마주하면서, 소림사의 제자들은 마른침을 겨우 삼켰다.

첫 번째 물결은 방장께서 그야말로 신공을 발휘한 덕분에 넘길 수 있었다. 그리고 두 번째 물결이 오고 있다.

성마를 따르는 자들, 마인이다. 저들은 이번에야말로 끝을 내려는 모양인지, 조금도 머뭇거림이 없었다.

소림사의 제자들은 무너진 외곽에 서서, 그 모습을 진지하게 지켜보았다. 비록 자신들이 소림사의 정예라고 자부할 수는 없었지만, 자신들 또한 소림사의 승려이고, 소림사의 제자이다. 그것에 자긍심을 지니고 있다.

깊은 밤을 뜬눈으로 지새우면서 나름대로 대비를 하였지 않은가.

떨리는 가슴을 부여잡을 수 있었다. 두렵지 않다고는 할 수 없으나, 그에 주저앉을 자 또한 아무도 없다.

"후우, 아미타불. 아미타불."

속절없이 읊조리는 불호가 두서없이 울린다. 당연한 일이겠지. 탓하는 사람은 없이, 아미타불에 한없이 집중하면서, 밀려오는 마도를 향해서 눈 돌리지 않았다.

천하의 해악이라 할 수 있는 천산 성마의 무리가 소림사를 도모하려는 이때이다. 그네들 목적이 무엇이든 간에 중생에게 도움이 될 리는 없을 터였다. 그런즉.

"모두 두려워 마라. 그저 자리를 지키면 그뿐인 일이 아니겠느냐."

"하, 어디 그런 말씀을."

불현듯 나한 법덕이 목소리를 높였다. 승려들은 그만 헛웃음을 흘렸다.

자리를 지키면 그만이라니. 너머에 오는 자들이 한낱 무뢰배 따위도 아닌 바에야 어디 될 말인가. 그제야 법덕은 고개를 끄덕였다.

"그래, 웃어라. 긴장할 것 없다. 여기는 소림사이고, 우리는 소림사 제자가 아니더냐."

"아미타불."

"그래, 아미타불, 아미타불이다. 선인들께서 삼가 지켜보고 계신 바이니. 세존의 보광 앞에서 꿋꿋이 버티어내자고. 으하하하!"

법덕은 크게 웃었다. 그렇게 호탕한 모습을 보이지만, 실상 나한인 자신도 상태가 그리 좋지 않았다. 그는 웃는 얼굴을 하면서 슬며시 어금니를 틀어 물었다.

지금 소림사는 빈집이라고도 할 수 있는 상황이었다.

나한당, 달마원이 모두 하산하였고, 백의전 무승들도 죄 따라 내려갔다. 하남 일대에 암약하고 있는 마도의 씨앗을 걷어내기 위한 행보였다.

등용문주와 소림파와 함께 크게 활동하고서도, 혹시 모를 후환을 대비하여서 각지에 흩어져 있는 것이 지금 상황이었고, 와중에 부상을 당한 제자들만 소림사로 돌아와 있었다. 지금 법덕 또한 그중 하나였다.

그는 속에서 은은하게 이는 통증을 무시하고, 가슴을 활짝 펼쳤다.

훅훅, 숨을 다잡는다. 여기 경 있는 사람이라고 하면 자신을 비롯한 백의전의 몇이 전부였다. 그들도 자신 못지않은 부상자들이건만, 한 걸음이라도 뒤로 물러나 있는 이는 하나 없었다.

법덕은 이제 맨눈으로 선명하게 보이는 마구니들을 향해서 주먹을 쥐고 고개를 치켜들었다. 맨 앞에 있는 그가 흔들려서야 여기 어린 제자들이 어찌 마음을 다잡을 수가 있겠는가.

'흐, 차라리 여기에 이리 있는 게 더 낫기는 하지.'

법덕은 하남 어딘가에 있을 다른 나한들을 떠올리면서 쓰게 웃었다.

소림사가 위태할 때에, 소림사에 없다면 얼마나 가슴이

타겠는가. 자신은 오늘 여기서 입적할 게 뻔하려나, 법덕은 긴장과는 별개로 마음 한구석은 차라리 편했다.

그래도 동고동락한 동문들 걱정이 살짝 들었다.

다른 나한들, 백의전 무승들, 지금 어찌하고 있을는지.

바깥 상황은 조금도 알 수가 없다.

까맣게 모르고 있을지, 아니면 어찌어찌 난리를 치고 있을지.

법덕은 곧 떠오른 잡념을 차곡차곡 거두어서 한구석으로 밀어두었다.

두두두두두! 구구구구구!

마구니들이 이제 코앞이었다. 그들이 발하는 마공기력의 안개가, 그리고 질주하는 발소리가 선명하여서 지금 서 있는 자리가 들썩였다.

법덕은 불끈 턱에 힘을 잔뜩 주었다.

지금 이때에는 그저 있는 역량을 모조리 끌어내어서 맞이할 뿐이었다.

내상이 어떻든, 부상이 어떻든, 무슨 상관이겠나.

공력을 끌어올리기가 무섭게 왈칵 핏물이 일었지만, 법덕은 꿀꺽 삼켰다.

'오늘이 열반에 이르는 날이로다. 아미타불!'

각오를 다지고서, 법덕은 벼락같은 일성을 터뜨렸다.

"자아, 와라! 마구니들아! 네놈들은 단 한 걸음도!"

꽈릉!

덮쳐오는 마인의 검은 그림자를 향해 양권을 막 내지르려는 찰나였다. 그에 앞서서 벼락이 떨어졌다. 아니, 벼락 같은 권경이다.

바로 등 뒤에서 번쩍하더니, 법덕을 스치고서 달려드는 마인들을 죄 날려버렸다. 놀란 소리 하나 내뱉을 새가 없었다. 법덕은 주먹을 쥔 채, 내밀지도 못하고, 거두지도 못하는 어정쩡한 모습 그대로 굳었다.

일순 정적이 고였다.

닥쳐오는 마인은 물론이고, 겨우 용기를 내었던 소림 제자들도 아연하여서는 입을 꾹 다물었다.

인세에서 벌어질 수 있는 일이 아니지 않은가.

"어……어?"

한참 죽기를 단단히 각오했던 터였다. 그런데 갑자기 눈앞이 확 밝아지는 이 일은 대체 무어란 말인가.

드리운 마공의 안개가 뻥 뚫리면서, 검은 물결이 확 밀려나 버렸으니.

법덕은 아연한 채, 상황 심각한 것을 잊고는 고개를 돌렸다. 저기 뒤에서 한 사내가 천천히 걸어 나왔다.

잿빛 승복을 걸쳤지만, 승인은 아니다. 검은 머리카락을 뒤로 질끈 묶고서, 그는 심각한 얼굴로 나섰다. 여기 모두가 그를 알고 있었다.

"권야!"

"요, 용문제자!"

그래, 그는 천하육절 권야이고, 당대 용문제자이다.

소명이 손을 휘휘 흔들면서 걸어 나왔고, 좌우로 호충인과 탁연수가 있었다.

둘도 눈앞에 펼쳐진 일권의 결과를 보면서 어이가 없는 듯, 호충인은 고개를 내저었고, 탁연수는 잘생긴 얼굴을 괴상하게 구겼다.

"으아, 이게 백보신권이구나. 신권, 신권 할 만하다."

"뭐, 밀어내는 데에만 집중해서."

소명은 쓴웃음을 그리며 말했다. 그러고는 곧 법덕을 비롯한 무승들을 둘러보았다.

넋 나간 얼굴들이, 소명의 눈길이 스치자 부랴부랴 정신을 다잡았다.

"허, 헛흠. 흐흠. 소명 사형."

소명은 그들에게 차분하게 말했다.

"이 사람은 이 앞으로 나아가겠습니다. 본산 사형제들께서는 본사를 지키도록 하시지요."

"저, 저곳으로 혼자서 말입니까? 소명 사형."

"괜찮습니다. 그리고 걱정 마십시오."

"예?"

"곧 도착할 겁니다. 소림의 제자들이, 그리고 천하의 협사들이."

소명이 십 할의 확신으로 말했다.

입가에는 흐린 미소가 맺혀 있어서, 도무지 마도의 무리를 앞에 둔 것으로는 보이지 않았다. 그는 법덕과 눈길을 마주하고, 곧 다른 승려들과도 눈을 마주했다.

법덕은 마른침을 삼켰다. 다른 이가 그런 말을 한다면 크게 울림이 일지 않을 터이다. 지금 상황은 누가 보아도 고립무원이 아니겠는가.

그러나 나선 이는 용문제자이고, 천하의 권야이다. 그와 같이 있는 사람들은 또한 하남 등용문주이고, 산서 강시당주가 아닌가.

두 사람도 확신하는 얼굴로 고개를 끄덕였다.

흐읍!

법덕은 덥석 숨을 집어삼켰다. 그는 두 손을 모아, 굳게 합장하며 고개를 숙였다.

"염치없는 일이나. 그럼, 용문제자를 믿겠소."

"예, 믿어주시지요. 너희도 부탁한다."

"부탁은 무슨, 당연히 할 일을 하는 거지."

소명이 하는 말을, 호충인, 탁연수가 바로 받았다. 두 사람은 각자 몸을 풀면서 나섰다.

호충인은 턱을 바짝 당기고서 좌우 손목을 빙글빙글 돌렸다. 탁연수는 어깨를 몇 번 들썩거리고 목을 좌우로 까딱거렸다.

설렁설렁 나서는 모습이지만, 걸음을 옮길수록 서서히 강렬한 기운이 솟구쳤다.

두 사람은 곧 법덕과 어깨를 나란히 했다.

"예봉은 소명 녀석이 먼저 꺾어놓은 셈이니. 이파(二派)는 나와 이 친구가 맡겠소. 흩어진 자들을 부탁드리지요."

"아미타불. 예, 알겠습니다. 등용문주."

법덕은 고개를 끄덕였다. 내상 탓에 낯빛이 한층 파리했지만, 표정만큼은 단단했다.

두 사람이 누구인가. 등용문과 강시당, 두 세력을 이끄는 자들이다. 저들의 강함을 의심할 수는 없을 것이다.

다만, 마인들의 수가 워낙에 많을 뿐이다.

호충인은 불끈 정권을 다잡고서, 세차게 발을 굴렀다. 꾸웅! 울리는 소리가 묵직하다. 공력을 집중하는 동시에 얼굴이 벌겋게 달아올랐다. 반면, 탁연수는 낯빛이 파리하게 질리는 동시에 얼굴에서 표정이 싹 사라졌다.

그리고 한 걸음 뒤에서 법덕과 나선 모든 소림 제자들이 합장한 채, 자리를 지켰다. 무섭도록 집중하여서, 누구 하나 움츠러드는 제자가 없었다.

소명은 둘에게 본사를 맡기고서 뒤늦게 정신 차린 성마교 마군을 향해서 똑바로 다가갔다. 터벅터벅 걷는 발걸음 소리가 낮게 울렸다.

소림신권, 그 일권의 폭발은 받는 자들에게도 또한 날벼락과 같았다.

노린 것은 아니었기에, 직격한 당한 자는 없었으나, 그 여파에 자리를 지켜낸 자 또한 없었다.

일대를 거대하게 쓸어버리니, 다들 호되게 나가떨어졌다. 먼지투성이, 흙투성이 꼴로 고개를 치켜들던 마인들은 자부하는 마음에 한 줄기의 큰 균열이 남았다.

성마 아래에서 정예 중 정예라 자부하는 바가 아니었던가. 맥없이 나가떨어져서, 다들 말이 아닌 꼴이라니. 그래도 대부분은 빠르게 정신을 수습했다.

귀에서 이명이 계속해서 울리고, 머리가 한없이 어지럽다. 겨우 한 주먹으로 벌어진 일이다. 그 여파가 이 정도라니.

영향받지 않은 이가 드물었다. 그러나 마인들은 먼지 속에서 바짝 고개를 치켜들었다. 놀란 마음은 분명하지만,

그렇다고 마냥 넋 놓고 있을 만큼의 오합지중(烏合之衆)이
아니다.

마인들은 퍼뜩 기세를 수습하고서 저기서 걸어오고 있는
소명을 노려보았다. 딴에는 살기 넘치는 눈빛을 발하고 있
지만, 실상 놀란 가슴이 쿵쿵 뛰고 있었다.

'용문제자……'

'권야, 권야다. 그 권야가…….'

권야가 어떤 이름인가.

신검일맥과 소림사, 그리고 개방과 함께 가히 성마제일
적이라 할 수 있는 이름이다.

사이에서 소리 없는 웅성거림이 일었다.

몇 년 전에 천산에서 크나큰 실패를 본 것이, 저기 있는
권야 때문이 아니었던가.

수십, 수백에 이르는 소림사 무승보다도 눈앞의 한 사
람, 권야가 더욱 위험한 이유였다.

이미 저자가 나선 것으로 하나로 숭산일대에 거대하게
펼쳐놓았던 천라지망이 크게 흔들렸다가, 결국 유명무실하
지 않았던가.

태세를 갖추었다고 해도 섣부르게 나서지는 못한다.

성마의 마인들은 완벽하게 포위하여 섬멸하는 포천의 진
식을 갖춘 참이었다. 오인이 한 조를 이루어 기운을 나누

고, 그 조가 다시 모여서 거대한 대진을 이루었다.

일천으로 일백을 완전히 섬멸코자 하는 필살의 의지가 가득했다.

천라지망과 다르다.

이는 필살의 진세이니. 그럼에도 권야를 상대로는 과연 어떠할지. 마인들은 대진을 이룬 채, 마른침을 삼켰다. 이미 한 주먹에 속절없이 갈라지지 않았던가.

진세가 완전히 무너지지는 않았지만, 크나큰 충격을 입었음은 분명했다.

억지로 살기를 키우고는 있지만, 주춤거리기만 할 뿐, 다가오고 있는 소명에게 손 쓰지 못하는 이유였다.

그래도 소명은 조금도 눈을 돌리지 않았다. 그가 마주할 상대는 저들 너머에 있었다.

여기 모두가 성마 아래에서도 정예 중 정예라 할 이들뿐이라고 하지만, 소명에게는 그저 길을 막는 장애물 정도에 지나지 않았다.

경고랄 것도 없다. 발을 굳세게 딛고, 허리에 바짝 붙인 주먹이 부르르 요동친다. 성큼 걷는 큰 걸음에서 내처 발을 굴렀다.

두 주먹이 교차하자, 다시금 백보신권이 연이어 폭발했다.

"에이익!"

하필이면 소명이 나아가는 방향을 지키는 마인들은 발 구르는 모습을 보자마자, 냅다 마공을 발했다. 오인일조가 무려 다섯이다.

스물다섯에 이르는 마인이 전력으로 마공을 발했다. 확 일어난 마기의 안개가 짙었다. 그러나 위를 때리는 백보신 권은 거침이 없었다.

꽝! 꽈르르릉!

"으어억!"

"허억!"

주변 산세가 그대로 무너지기라도 할 것처럼 거세게 들 썩였다. 불시에 마주한 신권이 아니었다. 그리고 한 번에 끝나지도 않았다.

채 한 호흡이 다하기도 전에, 내지른 열 번의 주먹. 그만 큼 전면을 전부 쓸어버렸다.

진법을 통해서 구현한 짙은 마종무애가 단 한 번의 주먹 질도 감당하지 못했다.

다섯 조가 그대로 쓸려나가 버렸다.

크게 벌어진 입에서 핏물이 치솟았다. 참지 못한 비명이 터졌지만, 그 소리마저 신권의 폭발에 묻혀버렸다.

뒤에서 마음을 다잡고 있던 소림 제자들은 눈을 크게 뜨고, 입을 한껏 벌렸다. 쓸려나간 먼지를 잔뜩 삼키겠다만, 아무려나.

"이, 이게 용문제자. 이게 신권……."

누군가 더듬거리면서 중얼거렸다.

폭발하는 소리가 채 다하기도 전이었지만, 잔뜩 솟구치는 누런 먼지를 보면서 할 말이 없었다.

호충인과 탁연수, 둘도 새삼 놀라기는 했다. 저것이 용문제자이고, 권야이구나. 호충인은 그것도 있지만, 소명의 손속이 평소와 같지 않다고 여겨서 한숨을 가만히 흘렸다.

"에효, 저 녀석 진짜 제대로 골이 났구나."

"앙? 뭔 헛소리냐. 골이 나기는. 저놈 저거 도발하는 거 아니냐."

탁연수는 호충인의 중얼거림을 듣고서는 바로 면박이었다.

"도발?"

"골이 났으면, 저렇게 설렁설렁 큰 절기 먼저 쓰지 않지. 아주 보란 듯이 죄 사지를 꺾어놓았을 놈이다. 저거."

과연, 탁연수의 말이 끝나기가 무서웠다.

위이잉! 위이잉!

폭발의 여파가 산을 타고서 멀리 메아리칠 적에, 불현듯 벼락같은 일성이 다시 터졌다.

"등! 벽!"

높은 곳에서 소림사를 지켜보던 등벽은 눈을 가늘게 떴다.

산을 흔드는 폭음을 듣는 순간, 아득한 과거가 새삼 떠오른다. 동시에 이제 없는 외눈에서 이는 고통이 지끈지끈, 다시 깨어났다.

그리고 귀를 때리는 사자후.

등! 벽!

한없이 퍼져가는 일성을 들으면서, 등벽은 이를 악물었다.

안저 깊은 곳에서 시작한 통증이 바로 골을 흔들었다. 그러나 정신을 놓을 정도는 아니다.

등벽은 이는 고통을 깊이 삼켜냈다. 그 고통이 등벽을 등 떠밀었고, 그 고통이 등벽을 버티게 하고 있다.

고통은 아직 그가 살아 있다는 증명이다.

등벽은 고통을 그대로 느끼면서 입을 열었다. 그는 두 주먹을 단단히 움켜쥐었다.

"오냐. 와라. 권야여. 나는 여기에 있다."

그리고 자신의 대업 또한 이루어질 것이다. 이미 구르기 시작한 수레바퀴는 속도를 내기 시작했다.

막는다고 막을 수 있는 것이 아니다.

천하를 짓눌러버리는 한이 있더라도 멈추지 않는다. 멈추게 놓아두지도 않을 것이다.

등벽은 자신이 밟고 선 지금의 자리를 단단히 지키면서 새삼 주변을 살폈다. 그가 있는 곳에서 날개를 활짝 편 것처럼, 수천에 이르는 마인들이 소림사를 에워싸고 있었다.

지금의 형태가 중요했다. 그렇기에, 등벽은 자신이 여기 있음을 감추고자 하지도 않는다.

권야가 나타나는 것은 생각한 일이다. 다만, 그가 더 빨랐을 뿐이었다.

등벽은 오연한 모습으로 턱을 치켜들었다.

소명이 저기 멀리서 다가왔다.

한참이나 멀었지만, 무겁게 내딛는 소리가 바로 귀 옆에서 울리는 듯한 착각이 들었다. 서천의 권야는 그만큼이나 긴장하게 하는 상대였다.

천하의 좌현사가 마주하기도 전에 입안이 마르고, 손이 떨리다니. 등벽은 내심 쓴웃음을 지었다.

숙적이라고 감히 말할 수 있을까.

그보다는 지독한 구원 정도로 말하는 편이 더 정확하겠다.

좌현사는 하나 남은 외눈을 크게 떴다. 소명의 모습을 두 눈으로 확인한 순간, 잃은 눈가에서 이는 통증이 거짓말처럼 사라졌다.

대신, 귀에서 자꾸 이명이 울렸다.

지잉, 지이잉.

등벽은 고개를 흔들었다.

성마 왼쪽에 서는 좌현사로서, 성마의 가장 충실한 종복을 자처하는 자신이다. 그는 다가오는 소명을 무섭게 노려보았다.

원독(怨毒)이 어렸다고 함은, 지금 등벽의 눈을 두고서 하는 말이라 하겠다.

소명은 등벽이 고스란히 드러내는 기세를 바라보면서 묵묵히 나아갔다.

눈은 너머를 보았고, 입술을 굳게 다물었다.

그러나 두 손, 두 발은 쉼 없이 움직였다. 스치는 족족 마인의 생명이 무너졌다.

퍽!

지나치면서 내지른 한 주먹이 가슴을 때렸다. 가벼운 울림이지만, 당한 마인은 주먹질 하나에 가슴이 움푹 내려앉았다.

"커윽! 꺼걱."

괴로움을 채 하소연도 못 하고 고꾸라졌다. 하나가 당하면, 어김없이 오인으로 이룬 소진도 무너지고 말았으니.

소명이 향하는 길목을 분연히 막아서려고 했던 자들은
주춤주춤 물러나고 말았다.

그리고 소명은 소림사 앞을 벗어나서, 등벽이 오라고 하
는 언덕으로 올라섰다.

등벽이 저기에 있었다.

소명은 걸음을 멈췄다. 그가 있는 곳까지 수십여 걸음이
남았지만, 그 사이를 아래에서 스친 자들과는 비교할 바가
아닌 마인들이 아주 벽을 이루고 있었다.

등벽은 그들 너머에 있었다.

둘은 거리를 무시하고, 장애물을 무시하고 눈길을 마주
했다.

소명은 편히 두 손을 늘어뜨리고, 고요한 눈으로 이쪽을
보고 있다.

잠시 침묵이 앉았다.

앞에는 등벽이 있고, 그 주변으로 몇 겹으로 중첩하여
늘어선 마인이 수백에 이른다. 그럼에도 소명을 눈 돌리게
할 자는 아무도 없었다.

"그냥 올라올 일이지. 많이도 쳐죽였군. 권야."

"그런 소리를 할 거였으면, 오지를 말았어야지. 좌현
사."

"흐, 흐흐."

등벽은 퍼뜩 흐린 웃음을 흘렸다. 그는 하나뿐인 외눈을 희번덕거렸다. 소명은 광기가 선명한 외눈을 보면서 말했다.

"좌현사, 당신. 기어코 일을 벌였군."

"대업이다. 천하를 위한 대업이지."

"……. 뭐? 뭘 위해?"

소명은 지금 뭘 잘못 들었나 싶다.

두 눈썹을 바짝 모으면서, 미간에 주름이 한층 깊어졌다. 그렇게 찌푸린 눈으로 등벽을 보는데, 그 눈초리가 딱 정신 나간 자를 보는 눈길이다.

등벽은 조금도 아랑곳하지 않았다.

그는 어깨를 들썩거리면서 한층 음산하게 웃었다.

"천하 만민이 마땅히 숭배해야 하는 신인을 현현(顯現)코자 하는 일이다. 그것이 어찌 천하의 대업이 아닐 수 있겠느냐. 그에 비하자면……."

등벽은 잠시 말꼬리를 흐렸다. 그는 비릿한 조소를 머금고서 건너를 노려보았다. 저곳은 또 다른 마인들이 대기하는 곳이었다.

아군일진대, 노려보는 눈초리는 섬뜩하다.

"하! 천하 경영? 신교 천하? 다 우스운 소리이지. 다 우스운 소리야!"

"……."

소명은 아군을 향한 그의 적의를 이해할 수 없어 고개를 갸웃거렸다.

천하를 크게 흔들었고, 지금에는 소림사를 불태우겠다고 달려온 자가 할 소리는 아니지 않은가.

"등벽, 당신."

"단순히 천하를 손에 넣고자 하면 얼마든지 할 수 있어. 이렇게 피를 흘릴 것도 없지. 보아라, 과연 몇이나 알았느냐. 본교의 교도들은 이미 천하 곳곳에 스며든 마당이다. 명목은 다를지라도, 한번 떨치면 마땅히 천하를 뒤집고도 남는다! 으하, 으하하!"

소명은 입을 다물었다.

마주한 등벽은 미친 듯이 웃어젖혔다. 광기 어린 웃음이다. 폭증하는 마기가 지독하니, 감히 가까이에서 웃음을 맞이할 수 있는 이는 아무도 없었다.

그래도 소명은 고요했다.

가라앉은 눈으로 등벽의 광기를 지켜볼 뿐이다.

"하아, 하하. 하……."

"다 웃었나?"

"망할 놈. 대적자. 본교의 진정한 숙원을 네놈……네놈이 다 망쳐놓았어. 네놈이."

웃음 끝에, 등벽은 힘겨운 숨을 내뱉으면서 소명을 원망했다. 소명은 그런 등벽을 보면서 주먹을 들었다.

등벽의 좌우로 솟구쳐오른 마인이 검은 물결처럼 덮쳐들기 때문이었다.

"권아는 목을 내놓아라!"

"마도제일적! 성마의 원수여!"

"죽어엇!"

위엄 넘치는 일성을 터뜨리는 자도 있었고, 진심으로 원망하는 자도 있었다. 다른 말 할 것도 없이, 오로지 살심으로 똘똘 뭉친 자도 여럿이었다.

등벽은 광기를 감추지 않으면서도, 먼저 나서지 않았다. 차가운 광기로 온몸을 에워싼 채, 그는 소명을 지켜보았다.

"후, 후, 후우……."

호흡은 짧게, 동작은 간결하게.

이와 같은 때에는 금강권이나, 소림오권과 같은 절학보다는 스승 장우상의 무형결이다.

만상일여, 무정만형의 권법.

소명은 소나기처럼 쏟아져 내리고, 밀물처럼 밀려드는 마인을 향해 마주 나섰다.

그리고 소명은 격류를 거슬러 올라가기 시작했다.

터져 나오는 기합이 피를 토하는 비명으로 돌변하기까지 그리 오랜 시간이 걸리지 않았다.

소명과 등벽이 충돌하는 그때에, 소림사 앞에서도 난전이 치열하게 벌어지기 시작했다.

마인들의 수는 갈수록 늘어나고 있었다.

소명이 기세를 꺾어놓았을 뿐만 아니라, 마인들이 갖춘 대진을 아예 박살 내었기 망정이다. 그렇지 않았다면, 어찌 버틸 수나 있었겠는가.

분명 충돌하자마자 절반은 죽어나갔을 것이고, 채 촌각을 버티지도 못한 채 소림사 끝까지 밀려나기 급급했을 터였다.

막막하기 이를 데가 없었는데, 지금 소림 제자들은 적어도 희망이 보였고, 전의가 타올랐다.

"와라! 이 무도한 것들아!"

버럭 다그치는 일성이 크게 터졌다. 맹호라는 이름에 조금도 부족함이 없다.

호충인은 가전인 호가권뿐만이 아니라, 호권을 장기로 삼았는데, 그 또한 소림오권의 범주를 훌쩍 뛰어넘어서, 주먹 하나로 마공을 거침없이 박살 냈다.

기기묘묘한 마공으로 온몸을 청동으로 두른 듯하다지만, 호충인의 날랜 두 주먹에 우그러지고, 급기야는 거죽이 갈가리 찢겨서 피를 쏟았다.

커헉!

한 호흡에 수십의 주먹이 여지없이 꽂혀 들었다. 안과 밖을 동시에 박살 낸다. 설사 마인이 아니라, 청동으로 빚어냈다고 한들 버티어낼 재간이 없었다.

무너진 마인의 육신을 짓밟고서, 호충인은 또 다른 마인을 향해 비호처럼 덮쳐들었다. 이쯤이면 누가 습격한 이들인지 알 수가 없을 정도였다.

그렇다고 호충인이 아무런 대책도 없이 공세일변으로만 나서는 것은 아니었다.

호충인을 든든하게 받쳐주는 또 다른 하얀 손이 있었다.

백설이 어렸는가. 하얗다 못해 파리한 두 손이었다. 그 손이 움직이면 어김없이 사지가 굳었다. 관절에 얼음조각이 가득 맺히는 듯했다.

그럼 새파란 안광이 번뜩였고, 벼락이 연이어 몰아쳤다.

얼음과 벼락이라니.

고루천강공의 최고절초, 천강태음벽력수(天罡太陰霹靂手)가 거침없이 펼쳐졌다. 탁연수는 사지가 뻣뻣하게 굳은 듯한 모습이지만, 여기 누구보다 빠르고 위력적이었다.

주변에 맺힌 전광이 연이어 반짝거렸다.

파리한 얼굴에서 전광의 푸른 빛이 번쩍이면서, 짙은 그림자를 드리웠다. 와중에도 눈을 끌게 하는 외모인 것만은 분명했다.

두 문주가 저렇게 활약하면서, 여기 소림 제자들 전의를 북돋을 뿐만 아니라, 이끌어가고 있었다.

아무리 부상이라고 하지만, 법덕을 비롯한 나한 몇들, 그리고 남은 소림 제자들이 어찌 손을 놓을 수가 있겠는가.

그들에게 부족한 것은 경험이지, 의기가 아니다.

"아미! 타불!"

"소림 제자들은 나가자!"

"아미타불!"

뒤를 지키다가, 소림 제자들은 분연히 떨치고서 뛰쳐나갔다. 그렇다고 대책 없이 뛰어드는 것은 아니었다.

전황을 두루 살피다가 법덕이 벼락같이 소리쳤다.

"법인, 법경, 호 문주의 좌측으로, 호학쌍형이다! 무자배는 나를 따라라, 나한소원진!"

법덕은 틈바구니를 능숙하게 메웠다. 여기 있는 제자들의 성취와 장단점을 모조리 파악했기에 가능한 일이다. 그가 앞장서서 이끄니, 전황은 한층 단단했다.

그래도 법덕은 알았다.

'언제까지 승세를 이어갈 수 있을지…….'

한계는 그리 멀지 않았다. 그것은 앞서 나선 소명은 물론이고, 바로 앞에서 분투하는 두 문주도 알고 있을 것이다.

법덕은 이 또한 심마라, 단호하게 고개를 흔들었다.

그는 날 시퍼런 계도를 들어서 호탕한 일도를 먼저 휘둘러 떨쳤다. 시퍼런 도기가 장중하게 밀려가 탁연수의 뒤를 노리던 마인 하나가 그대로 두 쪽으로 흩어졌다.

법덕은 목청껏 소리쳤다.

"에라이, 아미타불이다!"

호충인은 그 소리를 듣고 따라서 같이 웃었다.

"으하하하! 옳은 말씀 하셨소. 아미타불, 아미타불이다! 이 마구니들아!"

본래와는 아주 다른 뜻인 듯하나, 세찬 '아미타불' 소리는 아주 빠르게 번져가서, 이내 한 목소리로 아미타불을 외쳤다.

겨우겨우 세를 다잡은 성마의 마인들은 막 몰아붙이던 차였다. 그들은 한 목소리로 외치는 '아미타불'에 그만 손발이 어지러워지고 말았다.

"이거, 이것들이 전부 미쳤나?"

소명 한 사람을 노리고 전력으로 달려든 마인들. 그들의 일파를 때려누이는 데에 걸리는 시간은 고작해야 서너 각 정도에 지나지 않는다. 그럼에도 소명은 조금도 숨찬 기색이 없었다.

아직도 때려눕힌 자들보다, 때려눕힐 자들이 배 이상으로 많았다. 그들 앞에는 등벽이 있었다.

소명은 등벽과 대치했다. 아니, 등벽이 소명을 붙잡고 있는 것일지도 모른다.

등벽은 이글거리는 눈으로 소명을 보고 있었지만, 막상 그의 불길이 향하는 것은 전혀 다른 쪽이었다.

소명은 흔들림 없는 얼굴로, 짧은 숨을 한 번 뱉어냈다. 그것이 마인들의 첫 번째 물결을 감당해낸 감상 모두인 셈이었다.

"흐, 여전하군. 네놈의 무형결. 허점투성이지만, 전혀 허점이 없어. 보아하니. 그 막무가내가 더욱 경지를 올린 모양이구나."

"딱히 감상 따위를 듣고 싶지는 않은데. 등벽. 이 정도로 하고 물러나지 그러나. 정말 마도를 당신 대에서 끝장 내겠다는 건가?"

"하! 끝장? 끝장이라?"

소명은 차분하게 말했다. 그의 한마디가 등벽의 속내를 깊이 찌른 모양이었다. 이내 고개를 치켜들고 껄껄 웃어젖혔다. 웃지만, 웃음이 아니다.

소명은 기괴한 저 모습에 그만 고개를 뒤로 젖히면서, 등벽을 새삼 다시 보았다.

'아니, 이 작자가⋯⋯.'

껄껄, 길게 웃기도 웃었다.

등벽은 불현듯 한숨을 내뱉으면서 소명을 마주 보았다. 얼굴에는 음영이 짙었고, 파리한 기운이 맺혔다.

"마도는 이미 끝장났네. 권야."

"뭐라?"

"하아, 알아버렸어. 나는 알아버렸다네. 교도라고 하지만, 어느 한 놈. 성마께서 현신하심을 믿지 않아. 그놈들은 그저, 그저⋯⋯ 성마의 이름 아래에서 욕심만 부리고 있었지."

어떻게든 성마를 다시 현세로 부활시키고자 하였던 등벽이었다. 그러나 아무도 성마가 실재함을 믿지 않는다. 그저 성마의 남은 은총을, 마공기력을 탐하기나 할 뿐이다.

그런 속된 자들이 천산 종맥 중에도 있다는 것을 알아버린 그때에, 등벽은 절망했다.

준비한 대업이 소명 한 사람에게 무너진 것은 그렇게 놀랄 것도 당황할 일도 아니겠다. 한쪽 눈을 잃고, 십 년 적공이 와르르 무너지고서도 그는 좌절하지 않았다.

다시금 일구어내면 그만이다.

제자는 길러 내면 되는 것이고, 소모한 자원은 갖추면 되는 것이다. 지나간 시간은 돌이킬 수 없겠지만, 그렇다고 당장 죽는 것은 아니다.

다만, 그가 좌절한 것은 실상 천산의 마교도들 때문이었다.

성마의 존위는 나중 문제.

그들이 바라는 것은 허울 좋은 천하 패업 따위였다.

"성마가 아니 계신 성마교로 무슨 천하 패업을 운운하느냐. 성마께서 계시기에, 본교가 있는 것이다!"

등벽은 한껏 부르짖었다. 원망이 짙으나, 그 원망은 다른 곳을 향해 있지 않았다.

소명은 입을 꾹 다물었다.

실성했다고 단순하게 치부할 수가 있을까. 오히려 등벽은 어느 때보다 냉정하고, 단호했다. 감정에 휩싸인 것은 그저 표면에 지나지 않는다.

믿었던 자들이, 자신과 다른 곳을 보고 있다는 것을 깨닫는 순간에 엄습하는 좌절과 절망.

아무리 대단한 경지에 이른 마도의 고수라고 하지만, 마음의 틈바구니를 비집고 들어오는 것을 어찌 손 쓸 수가 있겠나.

등벽은 그 모두를 쳐내기로 작정한 것이다.

자신이 바라는 대업, 그 자체를 이루기 위해서.

저것을 두고서 잘잘못을 누가 판단해서 말할 수가 있겠나. 다만, 그저 등벽이 말하는 대업에 휩쓸려버린 자들이 문제 아니겠는가.

소명은 등벽의 울분 섞인 일성을 대강 흘려넘기고서 주먹을 다잡았다. 착잡한 것은 착잡한 대로. 그러나 등벽이 무슨 대업을 말하고, 성마교의 마인을 성토하더라도 그로 인해서 천하 만민 중 못해도 삼할은 영문도 모른 채, 변고를 당했다고 할 수 있었다.

사특한 온갖 계책으로 희생당한 자들, 천산에서, 사천, 강남, 강북을 일일이 헤아릴 것도 없다. 그들 모습이 아직도 선명한데.

지이잉……. 지이잉…….

기이한 울음이 돌연 시작했다. 다잡은 소명의 두 손에서부터였다.

울분에 차올랐던 등벽이었지만, 그 소리에는 번쩍 정신이 들었다. 전날에 듣고서 가슴을 뜯은 그 소리. 잊지 못할 소리였다.

저 소리가 울리면, 산이 무너지고, 준비한 계책이 무용이 되어버리고는 했다.

"천붕곡음(天崩哭音)……."

잇새로 내뱉는 이름 넉 자에 신음이 뒤섞였다.

하늘을 무너뜨려, 통곡을 부르는 소리.

등벽은 감은 한쪽 눈에서 더없이 뜨거운 고통이 몰아쳤다. 불씨가 파고들기라도 하였던가. 등벽은 그대로 두 손을 앞에 세웠다.

아무것도 없는 허공을 움켜쥐기라도 할 듯이, 웅크린 두 손에 힘이 잔뜩 들어갔다.

'공력이 더 상승했구나. 당년의 권야가…… 아니야.'

그렇다고 하더라도 물러날 생각은 추호도 없었다.

사이에서 치열한 기파가 계속해서 충돌하고, 번뜩였다. 기세가 어찌나 강렬한지 알 만했다.

등벽은 남은 외눈에 날을 바짝 세웠다. 이제야말로 구원을 해소하는가. 그런데 소명에게는 뜻밖으로, 등벽은 나서지 않았다. 그는 오히려 뒤로 몸을 젖혔다.

"후우우……."

탁기와 함께 내뱉는 한숨은 뜨거웠다.

흡사 소림의 반장처럼 한 손을 눈앞에 세우고서, 다른 손을 허리 뒤로 돌리고 있던 소명이었다. 그는 흠칫하여 고개를 옆으로 기울였다.

"아니 나서는가?"

"나설 때에 나서야지."

"나설 때라? 그것이 지금이 아니라는 건가?"

"권야여. 소림사에는 성마의 존체가 있다. 그것을 확신하는 바이지."

"그래서?"

"그것 때문에 검백이 내려왔겠지. 그것이 아니었다면, 설사 소림사가 불탄다고 한들, 나설 위인이 아니야. 검백은."

"……그래서?"

소명의 목소리가 점점 무겁게 가라앉았다. 눈빛 또한 천근의 무게를 더한다.

"검백께서 계신 자리는 금성철벽 운운해도 과언이 아니지. 알고는 있는가?"

"아무렴. 검백은 상대할 방안이 있으니."

"오호."

꽤나 자신만만한 태도가 아닌가.

검백 사마종. 마주한 시간으로 말하면 잠시 잠깐이라고밖에 할 수가 없으려나. 그것만으로도 충분히 알 수 있었다.

검백은 감히 견주어 볼 상대가 아니다.

아득한 창천에 흐르는 구름을 보면서, 그보다 높아지겠다는 생각이 들기나 하겠나.

등벽은 눈을 고요하게 빛냈다.

검백에 대해서는 수많은 시도 끝에 비책을 마련한 바였다. 그러나 정작 눈앞에 있는 권야가 문제였으니. 그는 차가운 광기를 유지하면서 무거운 마기를 일대에 퍼뜨렸다.

안개처럼 옅은 마기가 등벽에게서 서서히 퍼져 나아갔다.

"하지만 네놈. 너만큼은."

그 속에서 등벽은 눈을 고요하게 빛냈다. 상성을 노릴 수도 없고, 무공으로 압도하기도 어렵다. 그야말로 좌현사를 비롯한 성마의 일맥에서 보면 천적이나 다름없었다.

그렇기에 비상한 대책을 마련했다.

"준비는 하였으되. 오지 않기를 바랐다."

등벽은 서서히 짙어지는 마기의 안개 속에서 차갑게 중얼거렸다. 그 말은 누구에게 하는 것인가.

소명은 퍼뜩 기이한 어조에 고개를 비틀었다.

'이 작자가…… 혹여?'

천산에서 등벽과 지금의 등벽은 같으면서도 다르다.

소명은 그 차이를 어렴풋하게 느끼고 있었는데, 불현듯

엄습하는 불길함 앞에서 저도 모르게 몸을 떨었다.

강한 진저리가 일었다.

그때, 모습이 흐려질 정도로 짙어진 안갯속에서 등벽이 말했다.

"성마를 위함이니. 성마의 진실한 종복들이여. 성과 신과 심을 다하여라."

"마땅히 따르겠나이다."

남은 마인들이 한목소리로 답했다. 누구 하나 흥분하여 목소리 높이는 자 없었으니. 그에 마주한 소명은 흠칫 어깨를 들썩였다.

하는 양을 더 보고 있을 수가 없다.

"등벽!"

소명은 내처 좌우 쌍수를 세차게 흔들었다. 드리운 안개가 손짓에 요동치더니, 이내 빠르게 소명의 좌우로 흩어져 갔다. 그러나 드러난 광경 앞에서, 아무리 소명이라도 계속 손을 흔들 수는 없었다.

소명은 손을 내리고 혀를 찼다.

"정말, 가지가지 한다. 가지가지 해……. 쯧."

등벽은 두 손을 가지런히 모으고, 열 손가락을 꽃잎처럼 세운 채, 하늘을 바라보고 있었다. 그 주변으로는 아직 남은 수십의 마인이 일제히 자신의 몸을 불태우고 있었다.

검은 연기가 흐리게 일면서, 시뻘건 불꽃이 에워싸면서 돌고 돈다.

열심히 찾아 읊조리는 것은 성마의 이름인가.

그들이 제 몸을 불사르든, 목을 어찌하든, 그런 것까지 소명이 알 바는 아니었다. 그 결과로 일어나는 지금이 문제였다.

등벽을 중심으로 잿빛의 반투명한 구체가 일어나, 천천히 맴돌았다. 집중하면 대강을 헤아릴 수가 있었다.

저것은 혼백이고, 영육이며, 넋이다.

얼마나 많은 자를 희생하면, 이런 것이 가능한가. 여기 몇십이 몸을 불태우는 것은 그저 심지를 당긴 정도에 지나지 않겠다.

영육과 마기를 그대로 뒤섞어서 거대한 흐름과 마공의 기운을 만들어냈다.

수십의 몫을 한 사람, 단 한 사람에게 더하는 것이니.

소명은 등벽을 중심으로 맴도는 잿빛의 기류를 보면서 할 말을 잃었다.

앞에서 등벽은 반구의 벽을 이루었고, 주변에서는 거대한 마공기력의 흐름을 일으켰다. 그 여파는 삽시간에 사방으로 퍼져갔다.

"그래, 이런 것을 위해, 그렇게도 끌고 왔던 건가?"

소명은 아득한 눈으로 소림사를, 아니 소실봉에 이를 때까지 솟구치는 무지막지한 검은 기운을 빤히 올려다보았다.

마운(魔雲)이다.

오로지 마공기력으로만 이루어진 순수한 마기의 구름이다.

수백, 기천에 이르는 마인들이 대진을 이루어서도 구름 아닌, 안개를 구현할 뿐이다. 그런데 지금 뭉게뭉게 솟구쳐 오르는 것은 아예 하늘을 죄 뒤덮을 듯하지 않은가.

저 정도라면 성마, 혹은 그에 준하는 정도가 아니고서는 감히 흉내조차 내지 못할 것이다.

아무리 대단한 마공기력을 지닌 자라 하더라도 한 줌 마운을 일으키는 데에, 공력은 물론이고, 정혈마저 모두 고갈하여서 쓰러지고 말 터이니까.

그런 경지의 마운을 정예들이 제 몸을 제물 삼아서 저렇게 드리운 것이다.

사태가 생각하는 이상으로 심각하게 돌아가고 있었다. 그래도 소명은 입술 한번 깨물었을 뿐이다. 그는 섣불리 움직이지 않았다.

몸 바쳐 숯덩이 꼴로 주저앉은 이들을 제외하고, 기운을 다하여서 쓰러졌던 마인들이 다시 눈을 빛내면서 벌떡벌떡 일어났다.

소명은 졸지에 제 발로 포위 속으로 걸어들어온 셈이었
다.

그들은 소명을 몇 겹이나 되는 원진을 이루면서 노려보
았다. 다시 차오르는 마공, 그마저도 한껏 폭주하기 시작
하였으니.

치뜬 눈 가득 새카맣게 물들어서, 번들거리는 그들 모습
은 이미 사람 꼴이 아니었다.

"흐, 흐흐흐."

불현듯 음산한 웃음이 일었다.

소명은 웃는 그를 향해서 고개를 돌렸다.

잿빛의 구체 속에서 한없이 짙은 마기를 장포처럼 휘감
은 자, 등벽이다. 그의 외눈에는 흑염의 불꽃이 넘실거렸
다. 과연 요사하여서, 더는 사람 모습이라 하기도 어렵다.

뜻한 바를 이루어냈다는 생각 때문인지, 그는 웃음을 감
추지 못했다. 그래도 소명은 콧등 한번 찌푸렸을 뿐이다.

"태평하구나, 권야. 검백을 믿고 있는 게냐? 그는 전력
을 낼 수가 없는 상황이지. 대업은 완수될 것이다."

"검백 노선배를 믿기도 하지만. 나라고 뭐 아무것도 없
이 들이닥쳤을까."

소명은 비웃는 등벽에게 담담하게 중얼거렸다. 딱히 열
차오를 것도 없다.

"뭐라?"

소명은 길게 대답하지 않았다. 등벽과 일백 마인은 자신을 붙잡고 있다고 생각했겠지만, 마찬가지로 자신 또한 마인의 정예를 붙들고 있었다.

뒤이어 몰려온 지원군을 위한 시간이 필요했으니까.

"왔군……."

작게 읊조렸다. 그 읊조림에 호응하듯이, 곧바로 불길이 솟구쳤다. 숭산의 서쪽 산 능선을 타고서 밀려오는 불길의 바람이다.

고오오오!

불길은 숭산 마른 나무에는 일절 닿지 않았다. 허공을 태우면서 길게 솟구쳤다. 그리고 소림사를 무너뜨리고자 달려드는 마인의 머리 위로 떨어졌다.

꽈르르릉!

시뻘건 불길은 그대로 폭발했다.

산봉이 무너질 것처럼 거세게 요동쳤다. 저것은 사람의 능력이 아니다.

"시, 신화(神火)!"

등벽은 성마의 마운을 드리우고서도 격동을 감추지 못했다. 저기 몰려와서 불기둥을 세우는 것은 단순한 불길이 아니다. 마염을 지닌 지극한 마공마저도 기운을 잃고, 오히려 불쏘시개로 만들어버리는 격이 다른 불길이다.

하늘 아래에 저러한 불을 품을 수 있는 곳은 그가 아는 바로는 단 한 곳뿐이었다.

태고의 신화를 품은 곳, 서천의 또 다른 전설인 화염산이다.

그것을 알려주는 듯, 불길이 확 흩어지고 여러 인영이 허공을 밟으면서 뛰어내렸다. 그들은 일제히 붉은 옷을 나풀거렸다.

화염산 팔대산인. 그리고 불길 속에서 홀로 도도한 여인이 있다. 당대의 화염산주였다. 신염을 전신에 두르고 우뚝 서 있는 그 모습은 그야말로 신화 속 모습과 조금도 다르지 않았다.

뜨거운 바람이 화염산주 아함의 가녀린 몸을 떠받치는 듯했다. 흑단과 같은 검은 머리카락이 하얀 불길 사이에서 어지럽게 일렁거렸다.

주변의 열풍, 열기, 열화는 끔찍할 정도였지만, 아함의 옷깃에는 조금도 영향을 주지 않았다.

"으윽!"

등벽은 소림사 앞으로 내려서는 그들 모습을 보면서 입술을 질끈 깨물었다.

신화의 불길과 함께, 화염산 산인들과 고수들은 소림사 앞을 막아서거나, 또는 거의 기진하여서 주저앉은 소림승들 앞을 막아섰다.

불길을 전신에 휘감고도 멀쩡한 그들이다.

일인, 일인이 전부가 상당한 경지의 고수들이면서 화염산의 이능을 지닌 자들이다.

눈가에 불길이 머물렀다. 그들뿐만이 아니었다. 새하얀 도포를 한껏 펄럭이면서 머리를 틀어 올린 여러 검객이 있어, 그들과 어깨를 나란히 했다.

천산파의 검객들이다.

그들은 서늘한 검기를 발하면서, 일제히 검을 뽑았다.

차차차창!

발검의 소리는 흡사 철현금(鐵絃琴)을 어지럽게 뜯는 것처럼 아름답게 울렸다.

선두에서 노란 수염을 늘어뜨리고 우묵한 눈매에 푸른 빛을 발하는 금발벽안의 위맹한 검객이 있었다.

천산파 장문인 금안검협, 금안자였다.

금안자가 공력을 한껏 발휘하여서 드높이 외쳤다.

"천산의 검은 탕마의 검이다. 천산 검객은 마땅히 마를 멸하라!"

"하아아!"

호응하여 힘껏 외쳤다. 그들 외침에는 정명한 기운이 가득했다.

화염산과 천산파의 고수들이라니.

신화의 불길이 일으킨 열풍에 한껏 밀려난 마인들은 당혹감을 감추지 못했다. 외부 조력이 이렇게 빠르게 닿을 줄이야.

천산파야 오래도록 경계를 맞대고서 대치하는 일문이니 그렇다고 하지만, 화염산이 여기에 나설 줄이야.

서로 간섭하지 않겠다는 묵계(默契)가 있지 않았는가.

치열한 이때에, 한 마인이 나서서 크게 외쳤다.

"화염산! 지금 천년불간섭의 묵계를 지금 깨겠다는 것인가!"

"묵계를 범한 것은 너희가 먼저! 감히 하찮은 수작질로 본산을 선동하려 들어! 정히 씨가 마르고 싶은 모양이구나, 성마의 종자들아!"

홍화선자가 붉은 치맛단을 펄럭이면서 버럭 소리쳤다. 그는 등벽만큼이나 오래도록 화염산을 지켜온 이인자였다.

단순히 경지를 말하자면 등벽에게 반수 이상은 밀려나겠지만, 그런 것을 떠나서 분노에 타오르고 있었다.

천산 마도가 얼마나 화염산을 가볍게 여겼으면, 하찮은 수작질을 펼쳐놓았다는 말인가.

"이, 이익!"

마인, 좌현사의 충실한 수족인 마령사자는 덥석 이를 악물었다. 말문이 턱하고 막혔다.

분명 약간의 장난질을 하였지만, 그것이 설마 화염산주의 등장까지 불러일으킬 줄이야. 좌현사가 여기에 없기에 뭐라 말할 수는 없었지만, 지금 같은 때에는 낭패가 따로 없었다.

쩌렁쩌렁 터지는 소리가 소림사 앞은 물론이고 일대로 퍼져갔다.

소리를 듣고서, 등벽은 얼굴을 일그러뜨렸다.

"흐, 흐흐흐……."

그러나 잇새로 나오는 것은 오히려 웃음이었다. 광기 어린 웃음이다.

"그래, 잘되었다. 이것으로 삼신기는 모두 갖추어진 셈이지."

조용히 중얼거렸다.

하늘에서 뚝 떨어져서, 소림사 일대를 지키듯이 솟구치는 불벽, 그 가까이에서 여러 마인이 크게 타들어 가며, 몸부림치는 소리가 한껏 울렸지만, 등벽은 전혀 개의치 않았다.

갖출 것을 갖추어냈다는 것이 중요했다.

그런데 소명의 얼굴이 볼만했다. 그는 뜨악한 얼굴이었다.

"어라라? 오라는 놈들은 안 오고, 왜 저기서……?"

생각했던 지원군은 아니었다. 아니, 사정이야 어떻든 만리 밖에서 내달려 온 것까지는 좋은 일이기는 하겠다만.

화염산에, 천산파까지. 소명은 저도 모르게 중얼거렸다.

"아니, 왜?"

무림에는 세 가지의 신기가 존재했다.

그것은 이미 수 대 전에 떠돌던 이야기로, 당대에는 아는 자가 극히 드물었지만, 삼신기의 명맥은 계속해서 이어지고 있음은 분명했다

하나가 천산 성마가 품은 천극마종지(天極魔宗至).

다른 하나는 동시대에 전설이었으나, 오로지 화염산 한 곳을 영지로 삼은 신화시천염(神火始天炎).

그리고 스스로 깨우쳐 신인의 경지에 이른, 신검의 검령 신검기(劍靈神劍氣).

각자 붙이는 이름은 제각각이지만, 등벽이 정리한 셋의 신기가 그야말로 신화에서 비롯한 유산이라는 것만큼은 분명한 일이었다.

그것은 딱히 내력을 따질 일이 아니었다. 불문이나, 도

가 이전, 신시 때까지 거슬러 올라가는 일이었다.

하늘과 땅이 교통하고, 천상과 지하가 구분 짓지 아니할 때, 그야말로 창세의 시기까지 헤아려야 마땅한 일이었다.

세상의 공력으로는 도달할 수 없는 기운이다.

다른 것 없이, 오로지 수행으로 검령의 신기를 이루어낸 신검이야말로 입지전적인 자라고 할 수 있겠다.

등벽은 지켜보며 웃음을 지었다. 셋이 한자리에 모였을 때에, 기운을 잃고서 세상에서 멀어진 성마를 다시 돌이킬 수가 있었다.

그것이 등벽이 작정하고 계획한 성마소천(聖魔回天)의 일계로서. 그것을 위해 수만의 마인을 거침없이 희생하였을 뿐만 아니라, 천하를 혼돈에 빠뜨렸다.

애당초 빼앗고자 일으킨 일이 아니었다.

무엇을 얻고자 일으킨 일이 아니었다. 차지할 것도, 갖출 것도 없었다.

등벽은 오로지 희생과 피해만을 염두에 두고 이 계책을 세웠고, 기어코 계책을 실행에 옮겼다.

"오라! 천하여! 그리고 신검이여……!"

등벽은 두 팔을 좌우로 활짝 펼쳤다. 이제 마지막 한 수를 펼칠 때였다.

입술을 빠르게 달싹였다. 그 소리는 한참 낮고 낮아서,

가까이 있는 누구도 등벽의 목소리를 들을 수 없었다. 여기에 반응할 수 있는 것은 극히 일부에 지나지 않았다.

바로 사람이되 사람이 아닌 자들이었다.

두웅!

북 치는 소리인가.

두웅! 두웅!

소리가 연이어 울리더니, 이내 산 아래에 마군 여럿이 갖추고 있던 대북이 갈가리 찢겨나갔다. 그 자리에서 시커먼 그림자가 빠르게 솟구쳐 하늘 높은 곳으로 날아올랐다.

그림자들이 걸친 검은 넝마가 찢길 듯이 세차게 펄럭였다. 그 변화에 집중하는 사람은 달리 없었다. 흐린 구름을 꿰뚫을 듯 솟은 그들은 곧 포물선을 그리면서 아래로 떨어졌다.

추락이라 할 것이 아니다.

그들은 노리고서 떨어지는 것이었다.

거대한 위력으로 날아오른 것과는 달리 바닥에 내려서는 그들은 흡사 한 조각 깃털처럼 가볍게 내려섰다. 다른 곳이 아닌 불길에 휩싸여 있는 소림사의 복판이었다.

소명은 번쩍 고개를 돌렸다.

눈동자가 크게 흔들렸다. 허공을 가로지르는 가운데 남은 여파만으로도 저 그림자들이 품은 위험을 알만했다.

"등벽, 당신!"

"어딜!"

소명은 당장에 몸을 돌려, 소림사로 향하려 했다. 그러자 마운을 받아, 기운을 더한 마인 일백이 그의 앞을 막았다.

소림사를 타고 휘돌던 신화의 불길이 더욱 달아올랐다. 지극한 백염. 휩쓸리는 순간, 모든 것을 잿더미로 만든다.

바깥이 한참 치열한 가운데, 방장이 자리를 지켰던 외당의 바로 그 자리에서, 검백 또한 조용히 서 있었다.

그의 주변으로는 한 대에 대단한 악명을 떨쳤던 노마의 시신이 흩어져 있었다. 은밀히 파고들었지만, 검백의 눈을 피할 수는 없었다.

그렇게 상황을 보던 차에, 검백은 번쩍 고개를 치켜들었다.

신화의 불길이 놀랍지만, 그 때문이 아니었다.

사소한 마인 몇이야, 얼마든 제압할 수 있었지만, 지금과 같은 상황에서는 본신의 내력을 발휘하지 않을 수가 없다.

'허어······. 저자의 꿍꿍이가 두려울 정도로군.'

검백은 입술을 깨물었다. 어두운 눈가에 낭패한 심정이 솔직했다. 품은 신검기가 요동쳤다.

음.

검백은 불현듯 이를 꽉 다물고서 고개를 천천히 돌렸다. 신음이 절로 나올 일이었다. 불타는 신화, 그것이 드리우는 백염의 불벽을 어렵지 않게 가르면서 검은 인영이 들어섰다.

단순한 마인이 아니었다.

검백은 그들 모습을 보는 순간, 허어……한숨을 삼키면서 고개를 흔들었다.

이리 안타까울 수가 있는가.

"검백 노선배!"

급히 외치면서, 호충인이 달려왔다. 그 역시 뚝 떨어지는 그림자를 보고서, 다급하게 몸을 날린 참이었다. 심상치 않은 상대라는 것을 딱 보는 순간에 알았다.

그러나 검백은 그를 향해 단호하게 손을 내저었다.

"헉!"

자연스레 일어나는 무형기가 그를 밀어냈다. 몸을 전혀 상하게 하지 않는다. 그저 부는 바람 한 줄기가 균형을 빼앗은 정도에 지나지 않았다.

그러나 호충인은 처음 몸을 날렸던 자리에 고대로 돌아왔다.

"노선배……."

사마종은 고개를 가로저었다.

이쪽은 자신이 맡겠노라, 단호함이 분명했다.

호충인은 입술을 질끈 물었다. 사마종이 하는 것에는 자신이 한참 부족한 것도 이유이겠으니. 마인을 상대로 마음껏 무용을 뽐내었던 것이, 그만 부끄러워질 지경이었다.

그때, 탁연수가 급히 호충인을 찾아 외쳤다.

"호가! 호가야! 이 망할 놈아!"

"큭! 간다! 가!"

사마종은 바로 몸 날리는 호충인의 뒷모습을 보고, 짧은 고소를 머금었다.

아직 젊지만, 천하고수의 자질이 충분한 후배였다. 그런 후배에게 뻔히 보이는 죽을 자리로 뛰어들게 할 수는 없지 않겠나.

사마종은 곧 표정을 지우고서, 몸을 가누는 세 인영을 향해서 눈을 돌렸다.

얼굴에는 어둠이, 입가에는 아픔이.

그리고 검결지를 맺은 손끝에는 검기가 맺혀갔다.

세 인영은 심지가 제압된 상태여서 눈동자에 초점이 없었다. 그러나 워낙에 막강한 기파를 사방으로 흩뿌렸다.

천하육대고수 중 세 사람이 여기에 있었다.

아니, 여기에 자신이 있고, 저기에는 권야가 있으니. 실상 만천옹을 제외한 전원이 소실봉에 나타난 셈이겠다.

헛웃음은 잠깐, 사마종은 숨결을 차분하게 잡으면서 입매를 비틀었다.

'좌현사라 하였나. 참으로 단단히 준비하고, 준비하였구나.'

쓴웃음이 맺힌 채, 셋을 물끄러미 보았다.

증장천왕과 철판관, 그리고 월부대도.

그들은 이지를 잃었을 뿐, 생이 다한 것은 아니었다. 먼저 움직인 것은 철판관, 그였다.

등이 한껏 굽었고, 매부리코가 심한 얼굴이다. 쭉 찢어진 눈초리는 한참 날카롭다.

본래에 작은 현의 판관 출신인데.

고관대작과 무림중의 무도한 짓에 분연히 자리를 박차고 나서서, 딱 십여 년 동안 남북무림을 휩쓸었다. 그의 철필 앞에 어느 명검보도(名劍寶刀)도 무사하지 못했다.

휘리릭!

휘젓는 필획이 세차다. 동시에 철부로 찍어대듯이 막강한 경력이 닥쳐왔다.

일필휘지로 문구를 남기는 듯하나, 쩡쩡 돌바닥이 그대로 쪼개지면서 먼지가 피어올랐다. 그러나 사마종에게 닿지는 않았다. 그는 자리를 지키면서 간단히 손을 휘저었다.

손짓은 강대한 경력을 좌우로 밀어냈으니. 그 틈에 뒤에서 그림자가 솟았다. 증장천왕, 그가 움직인 것이다.

대일밀교의 계승자로서, 증장천왕은 또 다른 불문무학을 완성한 일대의 종사이다.

증장천왕은 또한 소림사에서도 가르침을 받고 수행한 바가 있어서, 넓게 보자면 소림제자라고도 할 수 있었다.

팔 척에 이르는 신형이 움직이는데, 소리도, 기척도 없다. 극상에 이른 용수불영(龍樹佛榮)이라는 보신경이다. 밀교 무공을 바탕으로 소림공부를 참조하여서, 증장천왕이 스스로 이룬 보법이니. 소림용형보(少林龍形步)처럼 거침없고, 밀교 무공답게 은밀했다.

증장천왕은 검백과 마주하고 있다가, 흡사 요술처럼 그림자를 남기고 삽시간에 검백의 배후로 돌아갔다.

바로 등을 노리고 뻗어오는 쌍장에는 짙은 백광이 일었다.

제석천의 뇌전이 이와 같으리, 그러나 이 또한 사마종은 자리에서 빙그르르 맴도는 것으로 너끈히 흘렸다. 그리고 왈칵 어깨로 밀쳐냈다.

투웅!

울리는 소리가 묵직하다.

증장천왕은 왈칵 밀려났을 뿐, 다른 충격은 받지 않았
다. 다만, 표정 없는 얼굴에 일그러짐이 일었다.

"흐으……."

입 벌려 탁한 숨을 밀어낸다. 각각 한 수의 교환을 한 참
이다. 그리고 남은 하나가 천천히 움직였다.

그는 대도를 앞으로 내밀면서, 칼날을 덮은 비단 천을
홀쩍 벗겨서 뒤로 던졌다.

월부대도.

달빛을 쪼개었다는 전설의 대도가 지금 칼날을 드러냈
다.

사마종은 그의 칼날을 경시하지 못하고, 홀쩍 뒤로 물러
섰다. 이때에는 파고들기보다는 물러난다. 기다렸다는 듯
이 좌우로 엄습하는 도경이 위험하다.

칼날을 좌우로 한차례 흔들었을 뿐이지만, 무형의 도경
이 바닥을 갈랐다.

두 가닥의 선명의 예기는 사마종의 발치를 할퀴었다.

'노 사제…….'

자신은 곧 죽어도 사제가 아니라고 말하지만, 그가 저기
에 있어라.

이게 무슨 꼴인가.

선사께서 보신다면 어지간히도 꾸짖을 일이다. 그래도 탓할 수는 없다.

사마종은 더는 물러나거나, 여력을 남겨둘 수가 없었다. 다른 이라면 모르겠으나, 노장시가 앞에 있지 않은가.

그가 어깨를 한차례 흔드니, 바로 일대의 기세가 일변한다. 그러자 노장시 또한 주춤했다.

대도를 호쾌하게 휘두를 듯하다가, 앞으로 겨눈 도인을 비스듬하게 기울였다.

섬뜩한 칼날 너머로 노장시는 얼굴을 한껏 굳혔다. 눈가에 초점은 없다고 하나, 천하 고수로서 그의 풍모는 바래지 않았다.

어느 틈엔가, 사찰 앞마당이 온통 검백의 검기 아래에 있었다. 그것은 알아서 피할 수 있고, 보아서 뿌리칠 수 있는 것이 아니었다.

"흐음!"

"헙!"

다른 두 고수의 입에서 당황한 신음이 흘렀다.

압도하는 기파가 강렬하다. 증장천왕의 보신경이 자연스럽게 느려지고, 철판관의 철필이 확 무거워지는 통에 손 쓰기 조심스러워졌다.

누가 누구를 제압하려 드는 것인지.

품자(品字)로 선 천하고수 세 사람 사이에서, 사마종은 한 손의 검결지를 곧게 세웠다. 그로부터 광휘가 서서히 맺힌다. 저것은 인세에서 보기 어려운 기운이다.

그러나 노장시는 안색 하나 변하지 않았다. 대도를 다시 고쳐잡았을 뿐이다.

"시잇!"

끊어내는 숨소리와 함께 두 팔을 번쩍 치켜들었다.

위에서 아래로 곧게 칼날을 내지른다.

칼날이 천천히 움직였다. 한없이 느린 움직임이다. 칼끝에 만 근의 추라도 달린 듯하다. 그렇다고 칼을 멈추게 할 수도, 칼끝을 피할 수도 없다.

검백은 번쩍 손을 들었다. 검결지 맺은 손가락이 허공을 향했다.

오래도록 다스리고 또 다스려왔던 일검, 신검일기가 지금 모습을 드러냈다.

성마를 자극하지 않기 위해서, 좀체 세상에 드러낸 바가 없었지만, 당장 눈앞에 있는 사제를 제압하기 위해서는, 그리고 천하고수의 세 사람을 동시에 상대하기 위해서는 다른 방도가 없었다.

좌현사, 그는 참으로 치밀한 자였다.

보광서기가 솟구치자, 대도의 칼날이 일순 빛을 잃었다.

느릿느릿 내질러오는 칼끝이 잠시 멈칫했다, 그 틈을, 검백은 놓치지 않았다.

"합!"

일수를 뻗어내니, 신검기를 품은 검결지가 세찬 폭우처럼 몰아친다.

노장시 한 사람만이 아니었다. 일수에 뻗어가는 검기는 그야말로 만검이다.

좌우에서 동시에 손을 쓰는 증장천왕과 철판관도 부랴부랴 손을 휘둘러서 맞받아내기에 급급했다.

그 앞에서 버티어낼 자가 감히 누가 있으려나. 그러나 이때를 그리 기다렸던 자가 또한 있었으니.

등벽은 신화가 일으키는 불길 너머에서 높은 서기가 솟구치는 것을 보았다.

"되었다!"

기어코 검백이 신검을 꺼내고 만 것이다.

가장 큰 열쇠, 저것이 세상에 나오고 말았으니 이제부터는 자신의 몫이다.

등벽은 바로 자리에 무릎을 꿇고, 하늘을 향해 두 손을 높이 펼쳐 들었다.

소림사를 불태워서, 성마의 존체를 찾아내고자 했지만,

그 시기는 놓쳤다. 그렇다면 반대로 존재가 스스로 깨어나게 하면 될 일이다.

그 시작이 바로 신검기였고, 갖추는 것이 화염산 신화이며, 마지막은 자신이었다.

"성마여, 돌아오소서. 너무 오래도록 자리를 비우셨나이다. 이 늙은 종복이······."

등벽은 속삭이면서 외눈을 꼭 감았다. 그 흐느낌이 전해지는 것인지, 그를 타고 맴도는 잿빛의 방벽에서 수십, 수백, 수천에 이르는 흐느낌이 낮게 맴돌았다.

섬뜩한 광경이었다.

소명은 저기 솟구치는 신검기를 보면서 이를 악물었다. 등벽이 무슨 속셈인지는 대강 알겠다. 그러나 이때에는 다른 도리가 없으니, 그저 검백과 다른 여럿을 믿을 수밖에.

그리고.

"아미타불."

소명은 자신도 모르게 불호를 읊조렸다. 그러면서 자신의 주먹을 부여잡은 한 마인의 면상을 냅다 걷어찼다.

그 마인은 권야의 주먹을 붙잡았다는 것으로 득의했지만, 아래에서 차올리는 발길질에 웃는 얼굴 그대로 날아버렸다. 그러나 그가 끝이 아니었다.

소명이 그를 뿌리치기가 무섭게 다른 이들이 다시 득달

같이 파고들어서 팔을 부여잡았다.

이들은 무엇보다 소명에게 주먹 쥘 틈을 주지 않았다.

붙잡고, 붙잡는다.

그들은 권야를 어찌 해할 수 있으리라는 생각은 포기한 것이나 다름없었다.

저자는 진정 괴물이었다.

무공이 드높아서 신인에 이르렀다던가, 하는 얘기가 아니었다. 어떤 수도 소명에게는 온전히 힘을 발휘하지 못했다.

오히려 수법을 펼치려다가, 이쪽이 쓸려나가기 일쑤였다. 할 수 있는 것은 달라붙어서 시간을 버는 것뿐이었다.

그 억센 손아귀를 뿌리칠 때마다, 이쪽에서는 정예라고 하는 마인이 속절없이 날아버렸지만, 그래도 포기하지 않았다.

그들에게는 사람이 많았다. 소명에게도 어느 순간 파탄이 올 것이 분명했다. 그때에는 자신들이 아닌 좌현사가, 혹은 성마께서 직접 손을 쓰실 터이다.

그렇다면 자신들의 희생은 의미 없는 것이 아니다.

일백여 결사대는 좌현사 앞을 막아서면서 그것만 생각했다.

그래, 의미가 있을지도 모른다. 하지만 마인들은 소명이 차분해지는 기색을 미처 눈치채지 못했다.

신검기가 솟구치는 것을 본 순간, 소명은 이제 서두르지 않았다.

일은 벌어졌고, 당면한 것부터 하나, 하나 이루어나갈 뿐이다. 일단은 여기 일백의 마인들, 자기들끼리는 무슨 결사대 운운하는 이들을 제압하고, 잿빛 구체 속에서 수작질을 펼치는 등벽을 때려눕힌다.

소명은 그렇게 정했다.

"붙잡아! 죽어도 놓지 마라!"

이들을 이끄는 자, 마인이 크게 외쳤다. 그 또한 두 눈에 흑염이 넘실거렸다.

마운의 영향을 받아 품은 마공이 전에 없이 급상승하여서, 절정기의 좌현사와도 견주어 볼 만했다. 그럼에도 저기 있는 권야를 상대로는 발목을 붙잡는 게 고작이라니.

"성마시여……. 가호를……끄아아악!"

마인들는 적어도 이 순간에 진심으로 바랐다. 그리고 땅을 흔드는 울부짖음과 더불어서 그 또한 소명을 향해 두 팔을 활짝 펼치고 달려들었다.

"아니, 이것들이."

소명은 어이가 없었다. 정예라고 하는 것들이 그 난리를 치면서 마공, 마운을 잔뜩 일으키고서 한다는 짓거리가 무작정 매달리는 일이라니.

단 한 걸음이라도 막아보겠다는 몸부림이 아닌가.

소명은 뒤엉키는 마인들 너머로 집중하는 등벽을 한 번 흘겨보고서 세차게 몸을 떨었다.

"흠!"

후아악! 파파팍!

공전무용, 고요하게 일어나지만, 천하에 다시 없을 격렬한 기운이 단숨에 소명을 중심으로 휘몰아쳤다.

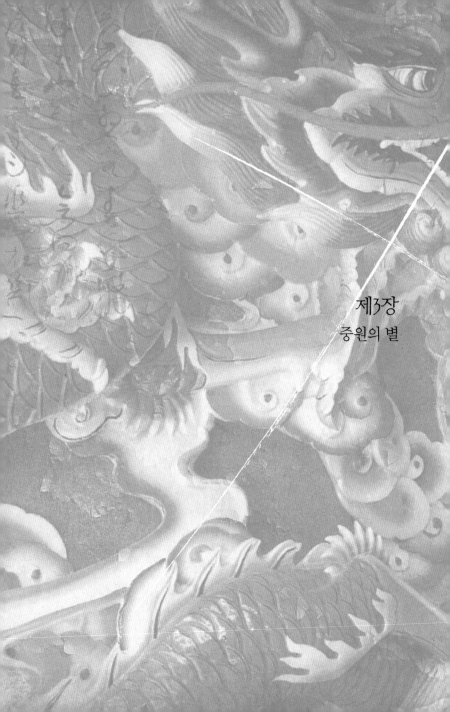

제3장
중원의 별

성마가 깨어나려는가.

당장에 숭산 일대에 맺힌 암운이 한없이 짙었다. 그 외곽으로 끝없이 몰려드는 시커먼 자들, 성마교 무리가 계속해서 모여들고 또 모여들었다.

그들은 소림사로 달려오라는 무엇에도 앞서는 밀명을 받고서 달려오는 참이었다. 이전에 모여든 이들에 더하여서 천하 각지에 흩어진 자들이 한데 모이니.

동서남북을 말할 것도 없었다.

개중에는 사천 홍천교에서 손을 거들었다가 지체 없이

몸을 뺀 자도 있었고, 호북 남궁, 합비 남궁 등. 곳곳에서 일을 벌이는 자도 적지 않았다.

그들에게 소림사로 향하라는 명령은 지상과제나 다름없었다. 그곳에서 무엇을 해야 할지조차 알지 못했다.

하지만 분명한 것은 성마를 위해 나서라는 명을 받았을 뿐이다.

그런즉.

"달려라! 달려!"

"모든 것은 성마를 위한 것이니!"

마공기력을 조금도 감추지 않고 발했다.

지금 뒤엉켜 있는 숭산 앞마당에서 이들이 일으키는 검은 물결이 덮쳐든다면 어떤 파국이 일어날지.

그때였다.

"거기 가는 마졸은 걸음을 멈추라."

차분한 듯하나 웅장한 목소리가 있었다. 내달리는 앞뒤를 따질 것 없이 모두가 그 목소리를 들었다.

은은한 공력이 끝없이 퍼져간다.

몇몇은 주춤했지만, 그렇다고 발걸음을 멈추는 이는 없었다.

"무시해! 목표는 오로지 소림사다!"

"오! 성마께서 우리를 찾으신다!"

마교인 누군가가 무리 속에서 외쳤다. 그 외침에 호응하여 대꾸할 뿐이었다. 그러자 목소리 내었던 이는 고개를 흔들었다.

"허어, 이런이런."

이런 막무가내라니. 참으로. 달가운 일이다.

"무너뜨려라!"

"명!"

외치는 소리가 끝나기가 무섭다. 좌우로 높은 비탈을 타고서 굵직한 바윗돌이 흡사 소나기 쏟아지듯이 무섭게 굴러떨어지기 시작했다.

"어억! 어어억!"

"피, 피해라!"

다급한 외침이 터졌다. 그러나 어찌할까, 물러날 곳에는 다른 마교인이 엉거주춤 서 있는 판국이었다.

무작정 달려나간다고 앞뒤를 살피지 않은 게, 지금 발목을 잡은 셈이었다.

대체 얼마나 많은 바위를 뜯어내고, 끌어올려 놓고 있었던가. 떨어지는 바윗돌은 쉽게 멈추지 않았다. 바위가 굴러떨어지고, 그보다 큰 바위가 다시 굴러떨어진다.

계속해서 떨어지는 바윗돌로 계곡 아래를 하얗게 메울 지경이 되어서야, 비로소 낙석이 멈췄다.

희뿌옇게 돌가루가 안개처럼 흩날렸다.

"으, 으으. 으으."

"꺼으윽!"

고통 섞인 신음이 여기저기서 흘러나왔다.

용케 쏟아지는 낙석을 피해서 깔리는 것은 면했다고 해도, 몸 성할 수는 없었다.

피투성이 꼴로 겨우 허리를 세웠다. 그들은 가파른 절벽을 주르륵 미끄러지면서 내려서는 이들을 향해서 검은 눈빛을 발했다.

"오오, 역시 성마를 따르는 자들이로다. 이 지경에도 조금도 기가 죽지 않는군."

감탄인지, 비아냥인지 모르겠다.

처음 경고했던 목소리였다. 고개 든 성마교인은 그런 사내를 무섭게 노려보았다. 검은 전포를 뒤로 펄럭이는 노고수였다.

청수한 인상이었지만, 걸친 전포와 경갑으로 백전 노장이나 다름없는 모습이었다.

그를 노려보면서, 성마교인은 버럭 외쳤다.

"뭐라는 잡놈이냐! 감히 성마를 향하는 본교 행사를 방해하다니! 지옥불이 두렵지도 않으냐!"

"하하, 지옥불 운운은 너희가 할 것이 아니지."

나선 노장, 담일산은 고개를 흔들었다.

그가 이끌고 같이 나선 이들은 하북 무인과 팽가 도객들이다. 모두 형형한 눈빛을 발하고 있었는데, 하나같이 흙투성이였다.

이쪽 길로 반드시 몰려온다는 것을 알았기 때문이다. 하루 만에 바위를 끌어올리고, 절벽을 깎아내어서 이만한 함정을 마련해놓았다.

어디 말처럼 쉬운 일이겠나.

다들 탈진하기 직전까지 온 힘을 다해서 마련한 함정이었다.

그러고도 상당수가 남았으니.

과연 마교이고, 과연 마인이라 하겠다.

불현듯 나서는 이들의 모습을 보면서 살아남은 마인들은 대번에 안색을 굳혔다.

"하북 무인. 너희 놈들이 여기를 어찌 알고?"

"중원 무림을 너무 얕잡아 보았군. 개방이 있고, 천룡세가가 있다."

마인들이 아무리 은밀하게 움직였다고 한들, 그 이목을 벗어날 수는 없는 일이었다.

개방의 눈은 천하에 퍼져있고, 천룡은 높이서 내려다보고 있으니.

담일산은 이내 흐린 웃음을 지웠다.

"여기뿐만이 아니야. 너희 놈들은 소림사는커녕 숭산에도 이르지 못할 것이다!"

그는 차갑게 굳은 얼굴로 세차게 손을 떨쳤다.

차랑!

본래에는 한 자루 섭선으로 풍산소선이라는 경지를 갖춘 담일산이지만, 이런 때에 섭선은 그리 좋은 병기가 아니다.

한 자루 예리한 유엽도가 떨친 기세에 좌우로 몸을 떨었다. 흔들리는 칼날 반사광이 어지럽게 번뜩였다.

담일산 발도(拔刀)를 신호로, 내려선 하북 무인들은 일제히 칼을 뽑아들었다.

"마교를 박멸하라!"

"으아아아!"

"흐아압!"

더 말할 것 무언가. 이때에는 짓밟고, 베어버릴 뿐이다.

"캬악!"

마교인들은 부르르 몸을 떨었다. 뼈가 훤히 드러날 정도로 뒤틀리거나, 돌에 스쳐서 너덜너덜하지만, 그들은 당장 공력을 일으켰다.

마공기력이란 본시 이치를 거스르고, 천리를 외면하기에 역리이고, 역천이라 하니.

우득, 뿌득.

섬뜩한 소리가 몸 곳곳에서 터졌다. 뒤틀린 관절이 험악한 소리를 내면서 자리를 잡았다. 있을 수 없는 회복이 즉각 일어났다. 그러고는 마교인들은 맨몸으로 칼날을 받으며 마주 뛰어들었다.

캉! 카캉! 캉!

사람 육신과 칼날이 부딪치는 데, 울리는 소리는 쇳소리였다.

경험 없는 이라면 기겁할 일이지만, 여기 모인 이들은 이미 지겹도록 마인을 상대하고, 베어 넘긴 자들이었다.

튕겨 나오는 칼날을 더욱 빠르게 휘둘렀다.

아니면, 팽가 도객처럼 칼날을 짓눌러서, 힘으로 밀어붙였다.

"끄아아악!"

한 초로인이 있어서, 무겁게 칼을 썼다. 그는 피를 토하듯이 붉은 입을 한껏 벌리면서 전력을 다했다.

잿빛 수염 끝이 부르르 떨렸다.

패도(覇刀), 오로지 힘으로 짓눌러버린다.

쩡!

쇳덩이 깨지듯이 섬뜩한 소리가 터졌다. 피륙에 집중한 마공기력이 더 버티지 못했다는 뜻이다. 거짓말처럼 간단히 육신이 사선으로 갈라졌다.

좌학!

검은 핏물이 바닥을 적셨다.

칼날을 막아섰던 열 손가락과 함께, 반신이 갈라진 채, 마인은 좌우로 고꾸라졌다.

고인 핏물을 밟고서 초로인, 팽가의 노도객, 창후도 팽오성이 재차 포효했다.

"팽가는 물러서지 않는다!"

팽가불퇴(彭家不退).

그러자 팽오성을 필두로 하는 다른 팽가 도객들도 당장 호응하여서 울부짖었다.

"팽가는 등 돌리지 않는다!"

"팽가는 사정을 두지 않는다!"

"팽가는 구명을 받지 않는다!"

팽가삼죄를 줄지어 외쳤다. 흡사 여러 호랑이가 산중에서 크게 포효하는 듯하다.

크게 꺾인 팽가 웅심을 다시 세우기 위해서라도, 팽오성은 그야말로 전심전력을 다 쏟아부었다.

나중 일이란 전혀 알 바가 없었다.

팽오성이 보이는 각오를 알았기에, 여기 있는 팽가 젊은 도객들도 등에 불이 붙은 것처럼 거칠게 뛰어들었다.

오히려 마교보다 더욱 사나웠다.

담일선은 고개를 한 번 끄덕였다. 계곡 길에 함정을 준비해서 적의 예봉을 꺾는다.

어지간한 무리라면 그 하나로 전멸까지 바라볼 수 있겠지만, 상대는 마교, 무슨 괴이한 짓거리를 벌여도 이상할 게 없는 자들이다.

생각보다는 잘 먹혔지만, 역시나 많은 마인이 남아 있었다.

"하, 희생을 각오했건만. 이때에 팽가에서 진정한 무용을 보여주는구나."

담일선은 솔직하게 감탄했다.

하기야, 저것이 진정한 팽가도객의 무서움이지. 고절한 무공으로 팽가가 일어난 것이 아니었다.

저 치열함.

저 지독함.

팽가의 칼은 곧 철혈의 칼이니. 특히나 창후도 팽오성이 나서준 것은 뜻밖이면서도 감사한 일이었다.

팽가에서도 팽오성은 굉장히 특별한 인물이었다.

그는 직계가 아님에도, 팽가도법으로 경지를 이루어낸 도객이다.

불과 수년 전에, 알려지지 않은 일로 한쪽 손을 심하게 다쳐서 불구가 되었지만, 무공이 퇴보하기는커녕 오히려 그 일을 딛고 일어나 새로운 경지로 나아갔으니.

지금 팽오성을 보면서 누가 한쪽 손이 불편한지를 알아보겠는가.

팽오성은 오히려 젊은 시절의 창후도보다 더욱 맹위를 떨치고 있었다.

감탄은 여기까지이다.

담일선은 퍼뜩 정신을 차리고 세차게 칼을 흔들었다. 검은 피가 후드득 흩어졌다.

"갑시다! 팽가에게만 맡겨놓아서야, 면이 안 서는 일이지!"

"엡! 담 대협!"

"우오옷!"

하북 무인들이 줄지어 담일선 뒤를 따랐다. 설사 여기서 전멸하더라도, 단 하나의 마인도 소림사로 향하게 놓아둘 수 없었다.

그것이 담일선과 하북 무인, 그리고 팽가의 자존심이었다.

"흐아아압!"

담일선은 세차게 울부짖었다. 섭선 대신이지만, 휘둘러 떨치는 유엽도를 쫓아서 솟구치는 칼바람은 도기도경보다 더욱 날카롭다.

묵직하게 떨어진 바위를 가를 정도의 위력이었다.

둔탁한 소리와 함께 몇이나 되는 마인이 목을 잃었다. 그래도 몸뚱이는 허우적거리면서도 기어코 다른 무인을 쥐어 뜯으려 들었다.

이때에 나서는 이가 있었다.

"헙, 합! 흐업!"

낡은 도포가 펄럭인다. 어지럽게 손을 흔드니, 목을 잃고도 위협적인 마인들이 휙휙 허공을 날았다.

"마구니만도 못한 잡것들이 어딜 감히!"

버럭 소리치는 그는 송 의원이다. 금나(擒拿) 하나로 절정을 훌쩍 넘긴 그였다.

송 의원의 금나는 그저 흔한 금나술이 아니다. 바로 월부 대도가 직접 손 본 금나였다. 뾰족하게 이름 붙이지는 않았어도, 그 손짓에 휩쓸리면 설상 금강동인이라 할지라도 몸 성할 수가 없었다.

송 의원은 단지 금나만 펼치는 게 아니었다.

"허잇! 헙! 으헙! 조심! 거기 물러나시오!"

부상자는 발 빠르게 조치했다. 완전하게 제압은 하지 못해도, 날려 버리는 건 할 수 있으니. 그렇게 거리를 벌리고, 후다닥 조치한다.

거침없이 침을 박아넣어서 지혈하고, 후다닥 붕대를 감아버렸다. 그것만으로도 무인들은 다시 칼을 들 수 있었다.

이런 와중에, 송 의원은 특히 신경 쓰는 사람이 있었다.

"아이고, 어르신."

앓는 소리가 절로 나왔다. 가장 선두에서, 가장 위험하게, 가장 무섭게 싸우는 초로인, 팽오성이었다.

어째서냐고 물으면, 팽문빙에게 숙부 되는 이가 바로 팽오성이기 때문이었다.

"으헙! 위험!"

일순, 팽오성 신형이 휘청했다. 공력을 과하게 쏟은 탓이다. 송 의원은 기겁하여 당장 파고들었다.

바로 팽오성 앞을 막아서고, 뛰어드는 마인을 마주해 어지럽게 손 그림자를 떨쳤다. 달려드는 상대를 맞이하는 것만이 금나가 아니다.

그렇지만 그보다 앞선 일도가 있었다.

푸욱!

곧게 찌르는 일도가 송 의원 옆구리를 스치고는 곧게 뻗어서 마인을 꿰뚫었다.

송 의원은 손 뻗다가 말고 굳었다.

베이지는 않았지만, 옆구리가 얼어붙을 것처럼 싸늘했다. 도면이 딱 붙어있으니, 왜 아닐까.

송 의원은 입술을 꽉 다물고서 볼을 잔뜩 부풀렸다. 그 안에 기겁한 비명이 맴돌 듯했다. 그런 송 의원 속내야 어 떻든, 팽오성은 칼을 거두면서 허리를 세웠다.

"흥! 폐물 취급하지 마라!"

"아이고, 어르신. 제가 어찌 감히."

송 의원은 기어들어 가는 목소리로 겨우 말했다. 그러나 팽오성은 전혀 듣지 않았다.

휘청하면서도 그는 힘차게 나아갔다.

당장 여기 몰려든 무리를 치워버린다고 하지만, 마교는 곳곳에서 몰려오고 있다.

숨 돌릴 틈은 조금도 없었다.

"흐아아압!"

팽오성은 한껏 울부짖으면서 팽가도를 휘둘렀다. 칼날을 따라 싯누런 도풍이 솟구쳤다. 그대로 북방 거친 바람, 용 권풍을 일으키면서 전면을 쓸어올렸다.

휩쓸린 자들은 피투성이가 된 채, 흩어졌다.

크윽!

신음은 흘리되, 그대로 주저앉는 이들은 없었다. 베인 것 은 고작 거죽일 뿐이다.

"겨우 이 정도에 주저앉을 성싶으냐아아악!"

이죽거리던 마인이 그만 괴성을 터뜨렸다. 감당할 수 없는 고통이 치민 탓이었다.

흔들리는 칼끝을 겨우 잡고 있던 팽오성이었다. 그는 퍼뜩 눈을 크게 떴다.

"마귀 주제에 혓바닥이 뭐 이리 길어."

언제 파고들었던가, 머리가 희끗한 노인이 있었다. 그가 뻗은 일수가 마인의 갈빗대를 부수고 깊이 파고들었다.

그는 미련 없이 손을 털었다.

도풍 속에서 거죽만 갈라졌을 뿐인 마인은 그대로 절명하여서 넘어갔다.

갑작스레 등장한 고인이다.

팽오성은 그를 바라보다가 헉, 놀란 숨을 삼켰다.

"문 선배!"

"흠, 팽후도. 네놈도 늙었구나."

그는 놀라는 팽오성을 내려다보면서 피식 웃었다.

전대 등용문주, 문심룡이다. 그가 숭산을 앞에 두고서 돌연 나타났다.

"여기를 어찌."

"이놈아, 여기가 하남땅인데. 누가 누구한테 묻는 게야?"

문심룡은 왈칵 눈살을 찌푸리면서 대번에 타박이었다. 그런 참에 유엽도를 고쳐 들고서 담일선이 급히 다가섰다.

"아니, 문 전 문주가 아니십니까."

"담 노가주."

문심룡은 담일선에게 두 손을 맞잡았다. 그는 곧 몸을 돌렸다.

"인사는 나중에 합시다."

"예!"

이리 든든할 수가. 담일선은 바로 칼을 고쳐 잡았다. 문심룡은 주춤하는 마인들을 노려보며 버럭 소리쳤다.

"등용문! 나서라!"

"예, 태상 문주!"

이곳을 찾은 하남 무인은 문심룡 하나가 아니었다.

비탈 위에서, 비탈 아래에서 등용문 무사들을 이끌고 무섭게 달려들었다.

마인들도 이번에는 당혹감에 흔들리고 말았다.

함정에 빠져서 낙석을 고스란히 맞이하고도, 하북 무인들과 백중세를 이루어낸 마인들이었지만, 살기 넘치는 등용문 무사들 모습에는 그만 말을 잃었다.

"오늘 여기서 살아 돌아가는 마교 놈은 단 하나도 없다!"

문심룡은 노성을 터뜨렸다. 두 눈에 맺힌 살광이 한없이 살벌했다. 당장 쌍장을 전력을 떨치니, 소림사 삼대장공의 하나, 대력금강장(大力金剛掌)이다.

천근의 장력이 그대로 마인들을 박살 냈다. 이를 시작으로, 등용문과 하북 무인들은 거침없이 시커먼 마인들을 짓밟아 나아갔다.

"마교를 소탕하라!"

"탕마멸사(蕩魔滅邪)! 탕마멸사!"

"으아아아!"

문심룡이 사자후를 내지르면서 신위를 드러내니, 등용문뿐만 아니라, 하북 무인들도 용기 백배하였다.

일제히 '탕마멸사'를 연호하니, 산세가 다시 무너지기라도 할 것처럼 한껏 들썩였다.

하북 무인들이 맡은 동북방면에서 벌어지는 치열한 일전이었다.

그리고 같은 시기에, 서북에서도 일은 벌어졌다.

급하게 움직이는 자들, 각양각색 꼴을 하고 있었지만, 한 방향으로 줄기차게 내달리고 있다는 점만큼은 똑같았다.

무리 중에는 딱 보기에도 수상하기 짝이 없는 행색도 있었지만, 승도속(僧道俗) 차림 한 자도 적지 않게 섞여 있었다.

그들이 진짜 승인이나, 도인, 협객이 아니라는 것만은 모르는 사람이 보아도 분명했다.

두 눈이 붉었고, 불길한 핏빛 안개를 어깨 위로 일으키면서 내달리는데, 어찌 못 알아보겠나.

야트막한 언덕을 줄지어 서 타 넘어가는 데, 흡사 들불이라도 일어나는 것처럼 붉은 기운이 만장했다.

그렇게 질주하는 마교인들을, 언덕 높은 곳에서 한 사내가 물끄러미 바라보고 있었다. 그는 팔짱을 낀 채, 오연하게 턱을 치켜들었다.

붉은 기운을 일으키면서 무섭게 질주하는 자들이다.

그런 이들을 정면에서 마주하면서도, 사내는 조금도 흔들림이 없었다.

콧등을 한번 찌푸리더니, 냅다 벼락같은 소리를 터뜨렸다.

"여보시오들! 어디를 그리 급히 가시오!"

허리에 두 손을 척하니 올리고서 드높이 외쳤다. 딱히 저들 발목을 잡는다고는 생각하지 않는다. 잠깐이라도 눈길을 돌리게 하면 충분했다.

"무언가, 저치는?"

"알게 뭐야, 선두, 치워라!"

단호한 말이다. 그리고 즉각 움직였다. 붉은 가사를 휘감은 젊은 승려가 입을 굳게 다물고서 사내를 향해 돌진했다.

우우웅!

가슴 앞에 세운 두 손, 마치 불문제자가 합장이라도 하는 듯하다.

"흐어업!"

묵직한 일성과 함께 쌍장을 내친다. 사내, 백운당은 심드렁한 눈으로 구시렁거렸다.

"이런 젠장. 본래라면 아미타불 해야 하는 거 아냐?"

하고 있는 차림새 하며, 뻗어오는 일장 하며, 가만 보니, 홍모교 출신으로 내력을 이룬 자였다. 그런데 결국에는 마교인이라니.

백운당은 콧등을 한번 찌푸리기만 할 뿐이지, 코앞까지 들이닥친 마교인 일장을 거들떠보지도 않았다.

파앙!

울리는 소리는 세차다. 그러나 허공을 때렸을 뿐이다. 발구름과 동시에 쌍장을 내지른 마승의 얼굴에 당혹감이 어렸다.

"으헛! 화, 환영?"

백운당 신형이 일그러지더니, 그대로 연기로 화하여서 흩어졌다.

손을 쓴 마승은 얼굴을 구겼다. 그러다가 퍼뜩 뒤돌아보았다. 조금도 속도를 줄이지 않고 달려오는 교인들이다.

그들이 일으키는 붉은 기운이 어찌나 선명하였는지, 붉

은 그림자를 드리우는 듯하다.

무엇도 저들 질주를 멈추지 못할 듯했다. 땅이 무너지기라도 하지 않는다면.

거기서 마승은 돌연 몸을 떨었다. 자기 뜻이 아니었다.

"어, 어헉!"

발밑이 급작스럽게 들썩거리기 시작했다. 사내의 환영이 사라진 게 어떤 신호탄인 것이 분명했다.

땅이 흔들린다. 무리는 몰려오고 있다. 여기서 서투르게 멈추거나, 돌아선다면 더욱 참사가 벌어질 게 분명했다.

마승은 당장 공력을 모아 외쳤다.

"서두르시오! 어서! 어서!"

다급하게 손을 마구 흔들었다.

백운당의 등장을 별것 아닌 일로 치부한 마교인들이다. 그들은 마승의 외침에 흠칫 눈살을 찌푸렸다.

무엇 때문에 저리 호들갑인가. 의문 품기가 무섭다. 땅에서 일어나는 들썩거림이 일순 격렬해지면서, 달려오는 그들도 신형이 휘청거렸다.

"어엇!"

"어어엇!"

올라선 일대가 급하게 요동친다. 급기야 땅이 갈라지더니 우르르 아래로 내려앉기 시작했다.

"흐업! 하압!"

다들 정신없이 땅을 박차고 높이 솟구쳤다. 마공기력은 충만하니 가능한 일이다. 하지만 솟구치기가 무섭게 그들이 맞이한 것은 수십, 아니 수백에 이르는 화살 비였다.

"방전(放箭)!"

기다렸다는 듯이 외치는 소리가 울리고 당장 화살 비가 쏟아졌다.

촤학! 촤차차차착!

평소라면 이런 화살 신경도 쓰지 않겠지만, 몸 가눌 길이 없는 허공에서라면 전혀 다른 위험이었다.

억! 으악!

튕겨내는 것이 태반이었지만, 화살에 신경 쓰는 틈에 솟구친 몸이 무너져 내리는 땅속으로 푹 꺼져버리고 말았다.

컥! 커억!

어떤 이는 화살을 무시하려다가 눈이나 벌린 입으로 화살이 파고들어서 절명하기도 했다.

화살부터가 보통 화살이 아니었다. 쏘아 올리는 화살 사이에는 대단한 강전이 섞여 있어서, 다른 화살에 신경 쓰다가 강전에 관통당했다.

삽시간에 무너지는 땅속으로 맥없이 떨어지는 마교인의 시신이 쌓여갔다. 그래도 아직 한참이 남아서 무너진 자리를 간신히 넘어섰다.

"으, 으익! 어떤 놈이 감히 이딴 수작질을!"

그 수를 일일이 헤아리지는 않았지만, 섬서, 감숙 등지에서 거친 활약을 하였던 마교인이 죄 모여서 달려오는 참이었다.

물경 일천에 가까운 수였는데, 그 절반 이상이 지금 언덕 아래에 생매장당하였다니. 아니, 다시 살피니, 이제껏 야트막한 언덕이라고 여기면서 올랐던 길이 전혀 아니었다.

가파른 절벽이고 사이에 어설프게 흙으로 덮어놓아서 일대를 평탄한 길로 보이게 만들었다.

"어디서부터, 어디서부터였던 거냐!"

"그야, 오르막에서부터지."

버럭 하는 소리를 냉큼 받는 자가 있었다. 넘어온 마교인들이 일제히 고개를 돌렸다. 이제야 모습을 제대로 드러낸 백운당이었다.

백운당은 여유 있는 모습을 한 채, 활과 화살을 들고 서 있었다.

"내가 무공은 좀 부족해도. 활은 좀 쏘는 편이라."

그는 빙긋 웃으면서 손가락 마디마다 쥐고 있는 화살을 한 번 들어 보였다. 강철의 새카만 촉이 번들거렸다.

강전을 쏘아낸 자가 저자였던가.

그리고 뒤로는 활을 든 여럿이 줄지어 섰다. 하나같이 긴장한 얼굴, 그러나 물러날 생각은 조금도 없었다.

흑선당을 비롯한 산서 땅 무인들, 그리고 등용문을 비롯한 하남의 여러 소림파 고수들 또한 같이 있었다.

동북 방면과 달리, 백운당은 가능한 방도를 다 동원하여서 하남 소림파 무인들을 청하였기에 가능한 일이었다. 그들 중에는 등용문 하남쌍웅(河南雙雄), 중 벽력권(霹靂拳) 고상해가 있었다.

문심룡의 의형제로, 그 또한 절정의 소림권사가 아닌가.

문심룡이 등용문을 이끌고 동북방을 지원할 수 있었던 것도 백운당이 서두른 덕분이다.

고상해는 두 주먹을 거칠게 움켜쥐었다.

"하찮은 마도 놈들이 감히!"

그들은 눈에 불을 켜고서, 아래에 낭패한 꼴로 있는 마교 무리를 노려보았다.

서로 살기가 짙어가고, 긴장과 분노가 뒤엉킨다.

이때에 백운당은 히죽 웃었다.

"자자, 마교분들은 아직 그리 열 내지 마시구려."

남은 마교인, 반수를 줄였다고 하지만, 아직도 수백에 이르렀고, 오히려 분노한 탓에 붉은 기운이 한없이 새빨갛게 솟구치는 판이었다.

그래도 백운당은 언뜻 여유를 내비쳤다.

붉은 그림자가 높이 서 있는 그들에게까지 이르는데. 백운당이 크게 외쳤다.

"어차피 주공(主攻)은 우리가 아니라오!"

"뭐얏?"

또 무슨 수작질을.

마교인들은 발 빠르게 자세를 잡으면서 사방을 경계했다. 눈앞에 있는 저 무리가 전부가 아니라는 것만은 분명하니.

그런데 전혀 생각지 못한 방향에서 일이 벌어졌다.

퍼퍽!

둔탁한 소리가 발밑에서 울렸다. 흙 속에 새하얀 손이 솟구쳐서 마교인의 발목을 덥석 움켜잡았다.

"허엇?"

"땅속에서?"

수십 쌍에 이르는 야윈 손이 그대로 마교인을 땅속으로 끌어들이는 동시에 흙을 흩뿌리면서 벌떡 일어났다.

햇볕에 드러난 그들은 하나같이 납빛으로 물든 얼굴을 하고 있었고, 표정은 조금도 없었다.

사람 모습이 아니다. 그들 모습을 어찌 알아보지 못할까. 강호에서 저런 몰골을 할 곳은 그리 많지 않았다.

"산서 강시당! 강시당 시체 놈들이구나!"

울부짖는 소리에, 강시당 고수들은 무표정한 모습 그대로 뛰어들었다. 두 발을 모으고, 관절이 뻣뻣하게 굳은 채 움직였지만, 그들은 누구보다 빠르고 거칠었다.

특히 강시당 북악(北嶽)을 책임지는 십오목장시가 여기에 있었다. 그 수좌 시진량은 뻣뻣한 얼굴을 하고서 버럭 외쳤다.

"오행목(五行木)! 지토둔(地土屯)! 모조리 묻어버려라!"

"명!"

강시당 고수들은 땅속에서 나타나고, 숲에서 나타나고, 허공에서 떨어졌다.

우왕좌왕하는 마인들을 일시에 포위하고, 진세를 발휘했다. 강시당 고루천강오행진(骷髏天罡五行陣)이 자연스럽게 펼쳐졌다.

오행을 따라서 천강의 기운을 낸다. 이때에 일어나는 격렬한 힘은 강시공이 아니면 버티어낼 수가 없으니.

일단 끌어들이기가 어려워 그렇지, 한번 끌어들이면 설사 천하 고수라고 하더라도 쉽게 벗어날 수가 없는 강시당 최고 비기라 할 수 있었다.

"으익! 이야압!"

붉은 마공기력이 솟구치고, 강시당이 발휘하는 고루천강

의 청광뇌전(靑光雷電)이 뒤엉켰다.

그리고 산서와 하남 무인들이 뒷받침했다.

"이놈들아!"

고상해가 단숨에 몸을 날려서는 양권을 거침없이 휘둘렀다. 벽력권이라는 무명에 조금도 부족함이 없었다.

퍼펑! 퍼퍼펑!

연이어 터지는 권경에 마인들은 크게 흔들렸다. 뒤로는 절벽, 가운데에는 강시당 절진, 그리고 몸 피할 곳에는 산서, 하남 무인들이 거침없이 몰아쳤다.

어느 곳이든, 마인들에게는 사지였다.

"어딜!"

어떻게든 진세를 벗어나려는 자들을 향해서 수십에 이르는 강전이 날아들었다.

용케 막기라도 하면 곧바로 무리 지어서 무자비하게 칼날을 휘둘렀다. 개개인 무력으로 따진다면 다른 곳보다는 부족하겠지만, 산서 무인은 집단전에 특히 능숙한 자들이었다.

무슨 대단한 합격진은 아니어도 치고 빠지면서 허점을 유도하는 데에는 도가 텄다.

투박한 칼질이 어지럽다. 자칫 손발이 허우적거리면 그 틈에 강전이 파고들었다.

"받아라, 요놈들아!"

백운당은 한껏 외쳤다. 만면에는 웃음이 어렸고, 목소리는 경망스럽다. 그러나 백운당은 시위를 당길 때마다 전력을 다했다.

모든 공력을 다하지 않으면 아무리 강전이라도 소용이 없음을 잘 알았다. 벌써 열 순, 자그마치 반백에 이르는 강전을 전력으로 날린 참이었다.

가는 강사를 꼬아 만든 시위를 연신 당기는 탓에, 손가락은 이미 피투성이로 너덜너덜했다. 그래도 백운당은 웃음을 잃지 않았다.

"흐랏차차!"

강시당도 그에 못지않았다. 전력을 다한 고루천강공으로 아무 말도 없다지만, 그들도 성마 무리에게 한 번 호된 꼴을 당하지 않았던가.

마교라고 하면, 그 원한이 하늘에 닿았을 뿐만 아니라, 당주가 진즉 당부한 마당이었다.

어찌 힘을 아끼겠나.

"어으으어어어!"

벌어진 입으로 사람 소리가 아닌 괴성이 무시무시하게 울려 퍼졌다.

"흠, 동북과 서북은 그렇게 막아내고 있단 말이지."

차분한 목소리가 중얼거렸다. 급하게 전해온 소식을 막 접한 참이었다.

남궁유, 그는 전서구를 다시 날려 보내고서 고개를 돌렸다.

"태상문주께서도, 벽력권 선배도 나서셨다고 합니다."

"음, 그렇구려."

남궁유가 한 도객에게 예의를 갖추며 말했다. 그러자 도객 또한 남궁유에게 사뭇 정중하게 대했다.

또 다른 하남쌍웅, 홍원도 조일동이다. 그는 허리 뒤에서 반월도를 거침없이 뽑아들었다. 동시에 뒤로 하남 소림파 도객들이 줄지어 칼을 뽑아들었다.

촤차차창!

일제히 뽑아드는 칼날 소리가 흡사 악기처럼 시원하게 울렸다.

절정 아닌 이가 없이, 모두 일백이다.

"그럼, 남궁 소가주. 우리도 그만 손을 쓰도록 하지요."

"예, 앞은 저희가 막겠으니. 뒤를 부탁하겠습니다."

"그리하겠소."

얼핏 들으면 홍원도와 하남 소림파는 물러서 있으라 하는 듯하나. 조일동은 다른 말 없이 고개를 끄덕였다.

눈앞의 상황이 그러했다. 그들은 지금 대치하고 있는 참이었다.

강남에서 숭산으로 드는 가장 빠른 길. 하남 평정산을 가로지르는 길이다.

조일동과 소림파 무인들이 뒤로 물러나면서도 단단한 기세를 갖추었다. 그리고 남궁유는 창천과 뇌운 조장들과 함께 앞으로 나섰다.

남궁유는 문득 마주한 이들, 특히 그들 수뇌로 있는 자를 향해서 넌지시 말을 건네었다.

"역시 이쪽 길로 올 줄 알았소. 숙부."

"유, 네놈!"

남궁유는 고개를 비스듬히 기울인 채, 빙긋 미소 지었다.

"강 형님을 꾀어서 기어코 가문을 흔드시더니. 이제는 소림사라. 숙부께서는 처음부터 성마를 따르신 모양입니다? 아니면."

"아니면?"

"당신이 숙부가 아니거나."

"흐, 흐허."

분노에 몸 떨던 초로인, 남궁 형제에게는 숙부 소리를 듣는, 백결검객 견지방은 헛웃음을 흘렸다.

남궁가주의 의형제, 그리고 강남에서 존경받는 검협. 그것이 백결검객이고, 견지방이었다.

그러나 지금 여기서 강남 마교인을 이끌고서 소림사로 향하고 있으니.

견지방은 웃음 끝이 썼다. 자신을 그리 따르던 어린 녀석이 저기서 차가운 눈으로 노려보고 있다. 그러나 견지방은 지그시 입술을 깨물었다.

사감을 논할 때가 아니다.

자신은 견지방이면서, 또한 성마를 따르는 충실한 종복이 아닌가.

견지방은 턱 끝을 치켜들면서 싸늘하게 말했다.

"그것이 의미가 있는 물음이더냐?"

"당연히 없지요. 그냥 여쭈었습니다."

남궁유는 바로 고개를 흔들었다. 실상 조금도 마음에 두지 않는 일이었다. 이래도 적이고, 저래도 적이다.

마냥 태연한 모습에, 견지방은 그만 어깨를 들썩였다.

'이런!'

은근하게 물으면서 다가선 남궁유였다. 주춤하는 틈을 그는 놓치지 않았다.

발검이 먼저, 소리는 나중에.

차앙!

무지갯빛이 솟구쳤다. 전면을 사선으로 가르면서 하늘을

향해 솟구치는 검광이었다.

바로 반응한 견지방은 허리를 뒤틀었지만, 뒤에 있는 자들은 그렇지 못했다.

창천벽뢰. 푸른 하늘을 가르는 한 줄기 번개였다. 남궁세가에서도 비전으로 전해지는 발검을 이리 자연스럽게.

견지방조차 알지 못했다면 그대로 반신이 갈라졌을 것이다.

"크윽!"

"오호!"

신음하는 견지방을, 남궁유는 더 쫓지 않았다. 벽뢰를 날린 직후 바로 물러섰다. 대신, 창천과 뇌운, 양대 검대 조장들이 발 빠르게 튀쳐나갔다.

견지방과 강남 마교인들이 정신을 차렸을 때에, 그들은 이미 창천, 뇌운이 이룬 진세에 포위된 상황이었다.

"이, 이익! 상대는 몇 되지 않는다. 돌파해!"

견지방이 버럭 소리쳤다.

그들이 지금 펼친 것은 남궁세가가 이룬 대천창궁검진(戴天蒼穹劍陣)이다. 삼백이 일거에 펼치는 것을, 지금 서른에 불과한 이들이 펼쳐내는데, 그것은 오히려 위력을 배가하는 결과라는 것을 견지방은 잘 알았다.

남궁가 봉공이자, 이들의 숙부로서 있으면서 누구보다

남궁세가 무공과 무서움을 잘 알기에 가능한 일이었다.

견지방은 다급했지만, 강남 마교인 중 대부분은 그를 따르는 자들이 아니었다.

"흥! 같잖은 검진 따위! 뭐가 무섭다고!"

버럭 다그치면서 바로 뛰어들었다. 고작 서른 몇으로 수백을 헤아리는 마교인을 상대하려 드는 것이 같잖을 뿐이다.

그렇지만, 이미 갖춘 진세에서는 더없이 예리한 검풍이 맴돌고 있었다.

"컥! 커억!"

아무리 단단한 마공기력을 이루었다고 해도 소용이 없었다. 몸 날리기가 무섭게 수십, 수백 가닥으로 휘몰아치는 검풍에 갈가리 찢겨서는 육편으로 화했다.

후드득 떨어지는 핏물이 무참하다.

"크윽! 벌써 이렇게까지!"

견지방은 이를 악물었다.

그냥 모양으로만 펼친 게 아니다. 휘몰아치는 검풍이 하도 짙어서, 그 너머의 남궁 검객들은 그림자만 드문드문 보일 정도였다.

창천과 뇌운이 함께하니 이 정도까지 위력을 보이는가.

불현듯 너머에서 우렁찬 소리가 터졌다.

"오늘!"

"흡!"

견지방은 흠칫하여 고개를 치켜들었다.

위잉! 윙윙, 검풍이 뒤엉키면서 울리는 바람 소리를 뚫고서 남궁유의 목소리는 선명하게 울렸다.

"오늘, 남궁을 더럽힌 자들을 벌하고, 강남 무림의 오점을 씻어내겠다!"

"으아아아!"

$$* \qquad * \qquad *$$

정주 담가, 역사가 있다고 하지만 하북 무림에서는 그 세가 부족한 무가였다. 그러나 담일선이라는 존경받는 명사가 전력으로 뛰쳐나오니, 팽가는 물론이고 하북 무인들이 호응하였다.

산서 흑선당, 그곳 또한 음지에서는 이름 있는 일문이라고 하지만, 양지로 나선 것은 고작해야 한두 해 정도에 불과했다.

그러나 신임 흑선당주는 대범할 뿐만 아니라, 철두철미한 면모를 보여서 짧은 시간에 산서 무인들을 끌어냈다.

그뿐만이 아니다. 역량이 부족함을 알고, 스스로 미끼가 되기를 자처하지 않았는가. 그리고 강시당이 비장의 한 수가 되어주었다.

남궁은 역시나 남궁이었다.

가장 소수로 나섰지만, 정예 중 정예였으니.

남궁의 젊은 용이 이끄는 소수정예는 미리 파악한 길목을 단단히 틀어막았다. 참으로 과감하다. 또한, 자신 역량을 제대로 파악했기에 가능한 일이기도 했다.

그리고 역시 소림사이고, 역시 소림파이며, 하남 무인들이다.

등용문 태상문주와 두 의형제가 등용문뿐만 아니라 하남 소림파 고수들을 이끌고서 모든 곳으로 나섰다고 하니.

잠시나마, 안도하는 바였다.

곳곳에서 분전하는 상황을 들으면서 천룡대야는 고개를 끄덕였다.

"좋아, 적어도 더한 자들은 막아낼 수 있었군."

이미 소림사에 닿은 수백, 수천 마인은 어쩔 수가 없으나, 뒤이은 마교 무리는 일단 저지한 셈이었다.

"천룡. 소림사는 어찌할까요."

"지금으로선. 믿고 맡길 수밖에 없지 않은가."

시대의 거인, 천룡대야는 중얼거리면서 씁쓸한 얼굴로 고개를 돌렸다.

소림사에 비록 권야를 비롯한 뜻있는 자들이 있다고 하지만, 그 피해가 어느 정도일지. 천룡대야로서도 쉽게 헤아릴 수가 없었다.

더구나 지금 소림사는 텅텅 비어 있는 상태나 다름없지 않은가. 그 또한 마음으로는 당장에 소림사로 향하고 싶었다.

그러나 자신이 있는 자리에 또한 중요한 곳이라.

오늘 일은 단순히 소림사의 문제가 아니라는 것을 이미 알고 있었다.

천기를 읽어내는 정도까지 미치지는 못했어도, 감히 천룡세가에까지 손을 뻗은 암류에 대해서는 낱낱이 파헤치는 참이었다.

여기서 벌어지는 일을 수습하지 못하면, 천추의 한으로 남으리라.

단순한 걱정이라 할 수 없었다.

돌아서는 뒤에는 기천을 헤아리는 마교인 시신이 산을 이루고 있었다. 뿐이랴, 그러고도 한참이 남아서 악다구니를 쓰고 있었다.

천룡세가 또한 정예가 나서서 하남 한쪽을 틀어막는 중이었다.

그야말로 대강남북을 가리지 않고 중원이 소림사를 위해

나선 것이다.

　천룡대야는 보고 끝에 전황을 둘러보았다. 까맣게 밀려
오는 마교인의 수가 부지기수였다.

　작정하고 달려오는 그들이었다.

　성마교 좌현사, 그 작자가 무엇을 바라는 것인지 몰라도,
마도 명운을 이번 대사에 전부 걸었음은 분명했다.

　덕분에 중원 또한 전력을 다할 수밖에 없다.

　"흐음."

　천룡대야는 문득 팔짱을 끼면서 눈을 가늘게 떴다. 잠시
침음이 흘렀다.

　마교, 그들 행태가 변했기 때문이었다. 처음에는 천룡세
가가 갖춘 전열을 무작정 뚫어 나아가려고 하였다가, 이제
는 나름대로 모여들어서 체계를 갖추기 시작했다.

　후다닥 물러나는 그들을 천룡 가인들은 바로 쫓지 않았
다. 남은 마교인들, 그들은 힘을 합해서 전열을 파고들 생
각이다.

　천룡대야는 그들 머리 역할을 하는 자를 어렵지 않게 찾
아냈다.

　"저 늙은이들이군. 모두 여덟이라."

　피를 흠뻑 뒤집어쓴 노마가 여덟이 있었다. 그들은 능숙

하게 다그치면서, 제대로 된 진열을 갖추어냈다.

멋대로 뛰어들기만 할 때와는 전혀 다른 상황이고, 다른 상대가 되어버린 셈이었다.

"여기서 무너질 수는 없지! 어떻게 버틴 세월인가. 성마를 위해 불태워야 할 목숨이다. 대업 코앞에서 이리 무너질까 보냐!"

여덟 노인 중 특히 한 노인이 있어서, 불길을 두르기라도 한 것처럼 검붉은 기운을 잔뜩 흩날리면서 울부짖었다.

실로 막강한 마공기력.

당장에라도 뼈가 내려앉기라도 할 것처럼 앙상한 노구였으나, 그 몸에서 솟구치는 마공기력은 가히 파천지세(破天之勢)라 할 수 있었다.

"흥, 저건 좋지 않군."

천룡대야는 여덟 노마가 발하는 마공기력에, 더욱 불타오르는 마교 일군을 노려보면서 차갑게 코웃음쳤다.

마공이, 마공을 더욱 일으키고 있다.

천룡대야가 있는 곳에서 저기 마인들이 무리진 곳까지, 못해도 백여 장에 이른다.

그러나 천룡대야에게 거리는 의미가 없는 바이니.

천룡대야가 퍼뜩 소매를 세차가 펄럭였다.

퍼엉!

무형의 장공이 허공에서 터졌다. 여덟 노마가 일제히 일으키는 마공의 기운이 그 하나에 속절없이 흩어졌다.

"커흑! 이 무슨!"

실체화한 마공기력이 더욱 강렬한 일장에 흩어지니, 그 영향은 고스란히 노마들에게 이어졌다. 가슴을 움켜쥔 여덟 노마는 퍼뜩 고개를 치켜들었다.

그들은 번뇌팔마라는 이름으로, 따로이 성마사도(聖魔司徒)라는 직책을 지니기도 했다.

그들 중 특히 번치마(煩痴魔), 팔마의 수장인 노마가 부르르 몸을 떨었다.

가장 뚜렷한 마공기력을 드리웠던 탓에, 그것이 흩어졌을 때에 받은 영향도 번치마가 제일 격렬했다.

앙상한 몸이 고꾸라질 듯이 연신 밭은기침을 터뜨렸다. 발치가 피로 젖었다.

번치마는 입가가 피로 흥건한 채 고개를 치켜들었다. 저 위에서 검은 그림자가 천천히 내려오고 있었다.

천룡대야였다. 그가 마인들 한복판으로 천천히 내려섰다.

"퉤이! 네놈이 그 잘난 천룡이로구나."

번치마가 핏덩이를 거칠게 뱉어냈다. 드러낸 앙상한 이에는 핏물이 흥건했다.

천룡대야는 군이 대꾸하지 않았다. 뒷짐을 진 채, 고고하게 섰다. 마치 팔마가 모두 모이기를 기다리기라도 하는 모습이었다.

번치마의 얼굴이 더욱 일그러졌다.

그 사이, 흩어져 있던 팔마가 서둘러 모여들었다. 그들도 드리운 기운이 흩어진 탓에 얼굴이 좋지 않았다.

그래도 천룡대야를 잡는다면, 지금 전황을 한순간에 뒤집을 수가 있다.

서로 생각하는 건 비슷할 수밖에 없다.

번치마는 에워싼 팔마 사이에서, 내심 혀를 찼다.

'천룡, 천룡이라니!'

좌현사 대계, 그 하나를 위해서 각자 맡은 바를 내던지고 달려가는 참에, 천룡을 마주하게 될 줄이야.

천하 고수로 손꼽히지는 않으나, 그에 버금가는 자가 아닌가. 어떤 의미로는 전설이었다.

팔마는 욕지거리를 짓씹었다. 솔직한 심정으로는 그보다 더한 욕설이라도 와장창 내뱉고 싶은 마음뿐이나, 그게 말처럼 쉽게 될 리가 없었다.

압박이 서서히 거세지기 시작했다.

천룡에게서 비롯한 압박이었다.

번뇌팔마는 물론이고, 가까이 다른 이들조차 그 영향에

서 벗어날 수가 없었다. 그만큼이나 웅장한 기파를 천룡은 발하고 있었다.

전설의 천룡이라는 과한 이름이 아니다.

천룡대야는 뒷짐을 풀면서 에워싼 여덟 노마를 천천히 둘러보았다.

"좋아, 다 모이셨군."

"허어, 마치 기다렸다는 듯이 말하는구나."

"기다렸지, 아무렴. 늙은 마구니를 일일이 쫓는 건 할 짓이 아니거든."

"이런 고얀!"

강호 배분을 떠나서, 단순 연배로만 말해도 까마득하게 차이가 있건만.

그 순간, 천룡대야가 가슴 앞에 두 손을 모았다. 합장하듯 가볍게 모은 손, 그러나 좌우에서 맺혀 우는 것은 전혀 다른 공력이다.

"헙!"

팔마는 재빠르게 마공을 집중했다. 그러나 천룡대야가 한발 빨랐다. 그는 퍼뜩 두 손을 활짝 펼쳤다.

장심에 청홍의 기운이 선명하게 어렸다.

혼원팔괘와 무량팔극.

천룡세가 양대무맥을 합일하는 데에 실패하였지만, 천룡

대야가 스스로 깨우친 일기, 건곤무극기(乾坤無極氣)가 지금 강호 도상에 처음으로 드러나는 순간이었다.

"으익! 저거 위험하다!"

"달려들어!"

들도 보도 못한 공력이지만, 품은 위험은 한눈에 알아보았다. 더한 내상을 각오하고 압박을 뿌리치며 뛰어드는 팔마였다.

"과연, 과연!"

파악은 빨랐지만, 그들은 늦었다.

천룡대야는 크게 소리치면서도 주저 없이 공력을 발휘했다. 좌우로 뻗은 두 팔을 세차게 떨쳤다.

흠!

천지를 무너뜨리는 듯한 일붕(溢崩)의 공력이다.

크나큰 소리는 오히려 늦게 온다든가.

천룡대야가 서 있는 자리를 중심으로 방원 수 장이 그대로 내려앉았다. 하늘 높이서 수만, 수십만 근에 이르는 무게가 뚝 떨어지는 듯했다.

"헙!"

번치마는 전력으로 발휘한 마공이 속절없이 무너지는 것을 똑똑히 보았다. 달려드는 다른 일곱과 달리, 번치마는 덮쳐드는 천룡의 공력을 보았고, 대항하여서 두 팔을 번쩍 치켜들었다.

그러나 필생의 공력이 소리도 없이 무너졌다. 검붉은 마공의 그림자가 조각나서 흩어졌다.

늙은 마인의 치뜬 눈에는 창공을 닮은 청광이 덮쳐들었다.

"아, 성마시여."

한숨 섞인 한 마디가 고작이었다. 다른 팔마는 미처 깨닫지도 못했다.

일식(一息) 간에 벌어진 일이다. 천룡대야 주변 수장 깊이로 내려앉았다. 팔마뿐만이 아니었다. 그 영향에 있는 전부가 짓눌려 흔적만 남겼다. 그제야 땅을 흔드는 굉음이 터졌다.

쿠쿠쿵!

건곤무극, 일원붕천(一元崩天)이다. 천룡대야는 두 눈에 청홍 광휘를 품은 채, 일대를 도도히 둘러보았다.

일원붕천으로 일어난 소리가 한없이 멀리까지 울려 퍼졌다.

우웅! 우우웅!

영향 밖에 있는 마교인들은 주춤주춤 물러날 수밖에 없었다.

이야말로 천룡의 위엄이다.

기껏 진열을 다잡았던 것이, 단 일수에 완전히 무너졌다.

번뇌팔마, 성마사도인 여덟이 이리 당하다니. 보았음에도 믿을 수 없고, 믿을 수 없기에 혼란하다.

"으, 으어어."

"이건, 이건."

혼란함이 극에 이르렀다. 머리가 굳어버리니, 무엇을 하면 좋을지, 아무도 알 수가 없다.

이때를 천룡세가에서 어찌 놓치겠는가.

"마교를 멸하라!"

"으아아아아!"

천룡세가가 갖춘 진열이 무섭게 돌진했다. 그들은 거침없이 파고들어서, 허둥거리는 마교인을 섬멸하기 시작했다.

천룡대야는 자신을 스치면서 달려가는 가인들을 지켜보면서 애써 오연한 모습으로 턱을 치켜들었다. 그러나 뒷짐진 손에서 잘게 떨림이 일었다.

'역시 건곤이 아직 무극에 이르지 못하였어. 아이고고.'

신음을 꾹 삼켰다.

건곤기 십성 공력을 그대로 발휘하니, 위력은 확실하다. 그런 만큼 반발력도 적지 않았다.

건곤이 무극에 이르렀다면, 이런 반발력 또한 자연스럽게 받아들였겠으나. 건곤기 성취가 부족한 것에 더해서 오랜 가사상태에서 깨어난 지가 얼마 되지 않았으니.

비록 하늘에 닿은 공력으로 단숨에 몸을 회복하기는 했지만, 한계는 분명했다.

심각한 내상은 아니지만, 몸에 상당한 부담이 몰려왔다.

기혈이 들썩거리고 뼈마디, 마디가 죄 지끈거렸다. 그래도 천룡대야는 꼿꼿하게 허리를 세웠다.

승기를 잡았으니, 지금이야말로 물실호기(勿失好機)라 하겠다. 이 판국에 힘든 모습을 보일 수는 없는 노릇이었다.

"크, 크흠!"

천룡대야는 연신 헛기침하면서 흔들리는 기혈을 다잡았고, 지끈거리는 통증을 참아냈다. 뒷짐 진 손을 굳게 움켜쥐었다.

아무리 마교가 허를 찔려서 물러나기 급급하다고 하지만, 손을 놓아버렸다고는 할 수 없었다.

몰아치는 와중, 여기저기서 치열한 혈전은 계속해서 이어졌다.

제4장
항마신장(降魔神將)

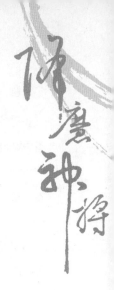

　검백은 가는 숨을 밀어냈다.

　소림사 경내, 그곳은 사찰 밖에서 벌어지는 치열함과는
또 다른 양상으로 혈전이 벌어지고 있었다.

　신검기가 장내를 압도했다. 그러나 와중에도 마주한 셋
은 과연 천하를 논하는 고수인지라. 단박에 제압할 수는
없었다.

　아우르는 신검기에 대항하면서, 그들 또한 나름대로 합
공을 취했다.

　입을 여는 사람은 없었고, 무형의 기운만이 치열했다.

다만 검백은 적잖이 난처한 상황이었다.

눈앞에 세운 두 손가락의 검결지가 잘게 떨렸다. 공력을 집중하되, 함부로 뿌릴 수는 없었다.

일대가 온전히 검백이 드리운 신검기 아래에 있지만, 그것으로 할 수 있는 것은 세 천하 고수를 견제하는 정도였다.

여기서 물러날 수도 없고, 더한 신검기를 발휘할 수도 없었다. 이 이상이면 자칫 성마를 자극할 수도 있기 때문이었다.

좌우에서 끊임없이 견제하고 노리는 두 고수도 그렇지만, 가장 버겁고도 힘겨운 것은 바로 마주한 채, 대도를 겨누고 있는 거대한 노인, 바로 월부대도 노장시였다.

그는 눈가에 일체의 빛도 없이 검백을 보고 있었다.

'노 사제……. 그사이에 큰 발전이 있었구나.'

대도의 간결함, 그에 따른 변화와 위력은 아무리 검백이라도 간단히 받아낼 수 있을 만한 것이 아니었다. 더구나 증장천왕과 철판관이 한 수를 갖추고서 끊임없이 달려들고 있지 않은가.

—그렇더라도 여기를 내어줄 수는 없지.

여기를 지키는 것은 작게는 소림사의 명운을 위함이고, 크게는 천하 안위가 걸린 일이다.

검백은 비세(非勢)에 처한 지금을 뚜렷하게 알면서도 전력을 발휘하지 않았다. 실상 월부대도가 아니라면 신검기를 펼치는 일조차 없었을 것이다.

신검기가 소림사 어딘가에 봉인한 성마 유해를 자극할 위험이 크기 때문이다.

먼 화산에서 있을 때에조차 그리 조심하였던 바인데, 소림사 안에서 신검기를 전력을 발휘하는 일은 그리 좋은 결과를 보지 못할 것이 분명했다.

'난처하고 또 난처하도다.'

한 손으로 맺은 검결지를 가볍게 끊어내면서 휘둘렀다. 천변만화, 단 일수에 일어나는 것은 수십에 이르는 검의 그림자였다.

실체가 없으나, 실체를 지닌 것과 조금도 다를 바가 없었다.

꽝! 꽈앙!

켜켜이 일어난 검영은 그대로 거대한 방패가 되어서 사방으로 엄습하는 도파를 그대로 받아냈다. 충돌이 계속해서 이어졌다. 일도수유(一刀須臾), 그야말로 대도의 극치로 한번 휘두름으로 끝없이 이어지는 도파는 검백을 그대로 부수어버릴 듯이 날아들었다.

한 손으로 맺은 검결지는 계속해서 움직였다.

수유의 틈도 없이 쪼개어 오는 도파를 단순하게 검영으로 받아내는 것이 아니었다. 수십의 검영, 하나하나를 따로 움직여서 위력을 반감시키고, 힘을 흘려냈다.

극도로 자제하여서 발한 신검기를 거푸 얽어내어서 이루어낸 검기(劍技), 신검영(神劍影)이다.

동시에 좌우에서 파고드는 두 천하의 고수 또한 견제하는 데 소홀함이 없다.

검백은 홀로 셋을 상대하는 것이 아니라, 셋으로 셋을 상대하는 것처럼 즉각적으로 반응했다. 그의 감각은 이미 사람의 경지를 벗어나 있으니. 그것은 여기 셋도 마찬가지였지만, 무공과 무위가 여전한 것과는 달리 평소의 이지 상태는 아니었기에, 검백을 압도하지는 못했다.

비록 신검기를 온전히 펼쳐내지 못한다고 하여도, 그는 천하제일검, 검백이다.

세 고수가 바짝 파고드는 그때에, 검백은 검결지 맺은 손을 번쩍 치켜들었다. 당장 바닥을 포장한 석판이 예리한 검날처럼 솟구쳤다.

퍼퍼퍽!

석검이 울리는 소리는 낮았다. 삼대 고수가 전신에 두르고 있는 방신기를 두드리는 소리였다.

그들을 해할 수는 없었지만, 허를 찔러 발목을 잡기에는 충분했다.

검백은 이때에 셋의 포위를 떨쳐내고서 훌쩍 거리를 벌렸다.

그는 서두르지 않았다.

난처한 상황 속에서도, 검백 심지에는 미동조차 없으니.

충돌하고 또 충돌하는 거력, 검백은 자리를 지켜내는 데에 한껏 집중했다. 아무리 위태하다 하여도, 지금 이 상황은 검백이 끝내 신검기를 자제한 채 버티어내면 그와 소림사가 이기는 일이라 할 수 있다.

'후우, 그래도 힘겹군.'

의기(意氣)로 검을 부려내는 의형수검(意形收劍), 그 지고한 경지로 돌바닥을 솟구쳐 석검을 이루었건만, 간신히 몸을 빼내는 게 전부였다.

검백은 진중한 기색으로 휙 돌아서는 삼대고수를 마주했다. 그러다가 퍼뜩 고개를 치켜들었다.

앞에 있는 세 고수가 전부가 아니다. 머리 위로 돌연 그림자가 일렁였다.

"흥!"

뾰족한 코웃음이 돌연 터졌다. 그러고는 당장 암습처럼 파고드는 두 천하 고수의 두 손에서 불길이 맺혔다.

어억!

이것은 그들이 일으킨 불길이 아닌 것만은 분명했다. 아무리 이지를 잃었더라도 제 손이 혼자 타들어 가는 것에 손발이 어지러워지지 않을 도리는 없었다.

증장천왕과 철판관은 손발이 흐트러져서는 빠르게 손을 흔들었다.

불씨를 급하게 털어낼 새, 장내에 새하얀 치맛자락을 흩날리면서 한 사람의 절세가인이 우뚝 나타났다. 그의 주변으로는 붉은 불길이 흡사 생명을 지닌 것처럼 타들어 가면서 느긋하게 맴돌았다.

불길을 두르고 있는 여인이라니.

검백은 그의 모습을 보고서, 내심 탄성을 흘렸다.

'신인, 화염산주로군.'

그는 곧 버티어내던 신검기를 끌어당겨서는 그대로 내질렀다. 신검영으로 옭아맨 월부대도가 끝이 크게 흔들려서, 그만 버틸 틈도 없이 나가떨어졌다.

"크으!"

험한 소리를 내면 바로 일어섰지만, 다시 달려들지는 못했다. 화르륵, 이글거리는 불길이 그들 앞을 막아 세웠기 때문이었다.

머리 위로는 신검기가 삼엄한 무게로 짓누르고, 바닥에는 신화의 불길이 절로 솟구치면서 그들을 위협한다.

두 신인 앞에서, 세 사람의 천하 고수는 한층 신중할 수
밖에 없었다. 이지가 없기에 더욱 손발이 무딘 것 또한 큰
이유였다.

―화염산주, 이리 마주하는구려.

"검백."

화염산주 아함은 검백은 곁눈질로 힐끔 보고서는 잠깐
주저하다가, 살짝 고개만 까딱거렸다.

예의를 갖추기에는 모호한 관계이기 때문이었다.

둘 다, 신기를 이은 신인이라서, 나이나, 배분으로는 감
히 따질 수가 없었다.

아함이 어색하게라도 고개를 까딱이자, 사마종은 흐린
미소를 그리고서는 같이 고개를 끄덕였다.

신검과 신화가 나란히 하다니. 이 또한 전설로 남을 만
한 일이 아닌가.

"잠시 거들겠습니다. 검백."

―감사할 따름이오. 산주.

그리고 사마종은 한결 가벼운 마음으로 다시금 검결지를
앞세웠다.

당장 신화의 불길을 거침없이 가르면서 다시 월부대도가
뻗어왔다.

"하!"

고저 없으나, 내지른 일성에는 공력이 가득했다. 사마종은 눈빛을 번뜩이며, 검결지를 내질렀다.

허공을 그리는 사마종의 궤적, 그것을 쫓아서 수십, 수백에 이르는 예리한 검영이 서로 교차하면서 조밀한 검망을 이루어 칼날을 옭아맸다.

다시금 떨쳐낸 신검영 일식이다.

쩌저저정! 울리는 소리가 요란하게 터졌다.

월부대도 또한 비장 한 수는 있으니. 참으로 단순하게 내리긋는 일도의 궤적, 이에 실린 거력은 진정으로 파산(破山)에 이른다.

신검영과 파산이 충돌하니, 거기서 일어나는 충격은 폐허 꼴인 소림 경내를 단박에 휩쓸었다.

쒜애애액!

소림사를 에워싼 어디에서도 길은 보이지 않았다.

화염산 신화가 타오르면서 거대한 불길의 방벽을 이루었고, 아래에서는 팔대산인이 각자 절공을 펼쳤다. 그들이 지키는 사이에, 천산의 절정 검객들이 나서서 검을 휘둘렀다.

"이 괘씸한 것들!"

버럭 성질을 내는 한편으로, 천산의 검은 날카롭게 칠흑 어둠을 가른다.

맹금류의 날카로운 부리와 발톱처럼 허공을 박차고 올라서 어김없이 마인의 목을 노렸다. 뚝뚝 떨어지고 솟구치는 인두는 무참하다.

연이어 휘몰아치는 싸늘한 검풍은 등 뒤에서 솟구치는 신화의 불길에도 전혀 움츠러들지 않았다. 오히려 그에 힘을 더욱 받아서는 뒤를 걱정하지 않아도 좋았다.

다만, 끝없는 어둠 속에 힘을 다해 파묻힐 뿐이었다. 그럼에도 천산의 검객들은 몸 날리기를 주저하지 않았다.

"마를 멸하라!"

"천산의 기개를 보여라!"

"으어어억!"

피를 토하듯, 모든 감정을 쏟아냈다. 천산의 흰 도포는 마도의 검은빛으로 연이어 뛰어들었다. 그들은 목숨을 걸었다. 그리 많은 수가 아니지만, 만 리 길을 달려 여기까지 온 자 중 절정 아닌 자가 없으니. 오늘 천산파는 일파의 앞날을 걸었다고 해도 부족한 말이 아니었다.

장문인 금안자가, 그 정예를 모조리 끌고 나서지 않았는가.

천산파의 이름난 젊은 고수로, 일파의 미래라고 할 수 있는 비응십삼검까지 여기서 활약하고 있었다. 그만한 각오였지만, 상황은 쉽지 않았다.

화염산과 신화가 뒤에 돕고 있다지만, 몰려드는 마인들.

그들 수는 우선 압도적이었고, 당황할지언정 목숨 아끼는 자들이 아니기는, 천산파와 다를 바가 없었다.

비명과 고함이 교차하고, 피와 피가 튀었다.

검객의 피도, 마인의 피도 붉기는 매한가지였다. 머릿수에 밀려서 천산파 또한 주춤 물러날 즈음, 벼락같은 일성이 터졌다.

"아미타불이다, 이 마구니 것들아!"

쩌렁 터지는 소리가 위력적이다. 피투성이로 휘청거리는 천산검객 앞을 딱 막아서면서 손때 그득한 곤봉이 우수수 떨어졌다.

꽝! 꽝! 꽈광!

쩌렁 터져 나오는 소리가 무서워라. 박박 민 머리에 계인이 한없이 선명하다.

잿빛의 승복을 한껏 펄럭이고, 피투성이가 된 곤봉을 움켜쥔 손은 억세었다. 뛰어든 그들은 이를 악물고서, 더없이 장중하면서도 슬프게 외쳤다.

"아! 미! 타! 불!"

"아미타불!"

나선 승려 뒤로 연이어 승포를 펄럭이면서 수십에 이르는 승려들이 몸을 날렸다. 그들은 소림사 경내에 있던 승려들이 아니었다.

먼 길, 험한 길을 막 돌파하고 이곳에 이른 게 분명한 모습들이었다.

"스, 스님들은?"

"천산의 도우는 잠시 숨을 돌리시구려."

등장한 무승이 차분한 어조로 말했다. 하남 일대로 나섰던 뭇 나한들, 법자배의 십팔나한과 백의전 정예 무승들이 돌아온 것이다.

법현이 항마곤을 틀어쥐고서 일장의 사자후를 터뜨렸다.

"소림의 제자들이여! 적도를 소탕하라!"

"아미타불!"

뜨거운 바람을 가르는 소리가 드높아라. 뛰어드는 소림 무승들은 항마곤을 거침없이 휘두르면서 마인들을 쓸어냈다.

법덕과 남았던 제자들은 그만 눈물이 글썽한 채 외쳤다.

"왔구나! 왔어!"

"법덕, 용케 버텼구나."

"시끄러, 아미타불!"

"으하하하!"

법현은 법덕의 울상인 꼴을 보면서 힘껏 웃었다. 그러면서도 항마곤으로 무섭게 대기를 갈랐다.

꽝! 꽝! 꽝!

떨어질 때마다 땅이 무너질 듯이 요란하게 들썩였다.

다시금 몰아붙였던 마인들이 재차 밀려났다. 그들은 빠르게 태세를 정비했지만, 악문 잇새 위로, 불길 일렁이는 눈빛에는 사뭇 당혹감이 짙게 어렸다.

"소, 소림사는 다 비었다고 여겼는데! 이게 대체!"

하남은 물론이고, 천하 곳곳에서 벌여놓은 일로, 소림사 또한 여러 무승을 파견한 상태로 알고 있었다. 그렇게 상황을 만들어내기도 하지 않았던가.

그런데 이 판국에 여기 소림승들은 대체 무어란 말인가.

허를 찔린 셈이다.

나한들은 눈을 빛냈다. 수백 리 길을 그야말로 한 호흡에 뛰어왔다.

법현이 앞장서니, 뒤로는 장대한 체구의 나한, 법공이 있었다. 그는 항마곤을 들어 바닥을 힘차게 후려쳤다.

꽝!

울리는 소리가 어디 몽둥이로 바닥을 치는 소리로 들리지 않는다. 폭음이 터지고 땅이 들썩였다.

"나한 소탕!"

법공은 더운 숨을 확 뿜어대면서, 득달같이 뛰쳐나갔다.

그것을 법현도, 다른 나한들도 만류하지 않았다. 흐랏차!
외침은 시원, 시원하게 터져 나왔다.

바닥이 쩌저적! 갈라졌다. 마인들이 흔들리는 틈으로 나
한들이 들이닥쳤다.

"개진!"

법현이 크게 외쳤다.

소림사 전설, 나한진을 갖추는 소리였다.

"합!"

기백의 무승이 한목소리로 답했다.

당장 겹치는 원진이 이루어졌다. 누가, 누구와 진세를
갖추라 할 것도 없었다. 그것은 가두는 원진이면서, 또한
밀어내는 원진이기도 하다.

허점이나, 완전치 못한 진열, 그런 것은 아무런 문제도
되지 않았다. 오로지 마를 제압하고자, 자리를 지켜낼 뿐
이다.

앞서서 겨우 버티고 있던 법덕을 비롯한 여러 제자도 그
기운에 호응하여서 다시 기운을 쥐어짰다. 그들 또한 나한
이고, 소림의 제자이다.

"호오, 위태한 와중에도…… 역시 소림사인가."

신화벽을 유지하는 한편으로 홍화선자는 눈앞의 마인을
그대로 불태우고서, 탄성을 흘렸다.

눈앞의 몸부림이야 어디 알 바인가. 그러나 마냥 감탄만 하고 있을 상황은 아닌지라. 홍화선자는 바로 고개를 치켜들었다.

까마득하게 몰려온 마인들.

어디서 이렇게 계속해서 달려드는 것인지. 부나방도 이 정도면 위협적이다.

나무가 반이고, 마인이 반이다.

"끝이 없고나. 끝이 없어. 좌현사는 이번 일에 진정 성마교의 명운을 걸었어."

들이닥칠 때만 하여도, 죄 태워버리겠노라 다짐했지만, 개미 떼를 연상시킬 정도로 몰려드는 마인들 모습에 고개를 내저었다.

이래서야 다른 것 없이 자리만 지키기도 쉽지 않겠다.

산인 전부가 산주의 신화를 받아 발휘하는 화염산의 신화천역은 가히 절대불파(絕大不破)의 진세라고 장담하지만, 저렇게 마구잡이로 밀려드는 성마교의 종자들이라면 상황을 마냥 낙관할 수 없었다.

"끝을 내야, 끝이 오든 말든 할 것 아니겠소."

진저리치며 내뱉은 혼잣말을 딱 받는 목소리가 있었다.

홍화선자는 딱히 놀라지는 않았다. 한 번의 헛웃음을 흘리고 눈동자를 돌렸다.

"왔느냐?"

"조금 늦었소. 길 잡는 것들이 하도 많아서 말이지. 히야, 진짜 기가 막힐 정도로 깔아놓았더이다. 등벽, 저 인간이 죽을 때가 되기는 한 모양이오. 저들 교인이고, 부족원이라면 껌뻑 죽던 위인이……."

그는 칼 한 자루를 어깨에 대강 걸친 채, 비스듬하게 섰다. 얼굴을 찡그리면서 등벽을 욕했다. 누구인가, 생사판관이고, 천산 백금장주이며, 무엇보다 서장제일도가 여기 이 사람이다.

위지백은 무광도를 아래로 늘어뜨렸다. 이미 적잖이 피를 보았지만, 칼날은 한 점 흐림도 없었다.

그는 가슴을 활짝 열고서 숨을 다잡았다.

이미 일백을 헤아리는 마인을 베어가면서 닿은 소림사 앞이다. 하지만 아직도 베어야 할 마인은 부지기수.

위지백만 있는 게 아니었다.

"대공자! 저희가 왔습니다!"

여기 없는 소명을 찾는 우렁찬 외침이 있었다. 신룡대, 그리고 신룡대주가 위지백과 함께 들이쳤다.

험한 길목, 무작정 베고 가르면서 뛰어들지 않았는가.

백운신룡포가 온통 젖어서 혈포(血袍)가 되어 있었다. 그러나 누구 하나 낙오된 바 없이, 신룡대 전원이 여기에 섰다.

늘어뜨린 검에는 검기가 충만하고, 두 눈에는 신광이 번
뜩였다. 그리 대단한 모습을 하고서, 신룡대는 일제히 주
변을 두리번거렸다.

"음? 응?"

"어음?"

다들 의아한 기색이었다. 부대주 마량은 그 모습에 한숨
을 삼켰다. 그는 이를 악물고서 나직이 다그쳤다.

"어디를 자꾸 두리번거려. 앞에 봐, 앞에."

"하지만 부대주. 대공자 모습이 어디에도."

"쓰읍!"

일조장이 사뭇 급하게 말하는데, 마량은 잇소리로 말허
리를 뚝 끊었다. 다들 신룡대를 의아한 눈으로 지켜보고
있었다.

이 판국에 우리 대공자는 어디 계시냐고 어찌 물으란 말
인가.

마량이 험하게 눈을 부라리자, 일조장을 비롯해 모두가
덥석 입술을 말아 물었다. 생각하면 가장 치열한 격전 한
복판이 아니겠나.

그런데 혼자 주변 두리번거린 마도옥이 냉큼 어느 곳으
로 향했다.

"아니, 대주! 대주!"

마량이 다급하게 불러 젖혔지만, 마도옥은 귓등으로 듣지도 않았다.

　"아오, 저런! 신룡대! 나서라!"

　"명!"

　마량이 부랴부랴 외쳤다. 이건 뭐 계책이니, 방향이니 따질 틈도 없다.

　"허어, 저들은?"

　"천룡세가, 그곳이라고 합니다."

　"신룡대."

　홍화선자는 새삼 늘어선 신룡대 전력을 보면서 묘한 탄성을 흘렸다. 그녀가 보기에도 놀라운 검수들이다.

　개개인이 갖춘 무공뿐만이 아니라, 집단으로서도 한 몸과도 같으니. 그런데 불쑥 앞서 나아가는 신룡대 검수를 보았다.

　"으음? 저 이는 왜 저러는 건가?"

　"흠, 글쎄요."

　위지백은 입술을 삐죽였다. 뒷모습만 보아도 알겠다. 저기 나서는 키 큰 검수는 신룡대주 마도옥이다. 그는 대뜸 누군가를 향해서 다가가는데, 앞에서 걸리적거리는 마인은 거침없이 쪼개 버렸다.

위지백은 목덜미를 벅벅 긁었다. 오는 내내 들었으니, 왜 모르겠나.

'저 인간, 저거. 소명 어디 있나 굳이 또 묻겠다고 저리 가는구나. 쯧쯧.'

마도옥이 제 수하는 내버려두다시피 하고서 다가가는 사람은 다름 아닌 강시당주 탁연수였다.

대주가 저리 나서니, 대원들이라고 손 놓고 있을 수가 있겠나. 신룡대는 붉은 물결처럼 밀려가기 시작했다.

저쪽 사정은 그렇다고 하고, 위지백은 쫙 깔려서 밀려오는 마인들, 그리고 그에 대항하는 소림사의 나한진을 스윽 둘러보았다.

어디를 먼저 노리면 좋을까.

"뭘 머뭇거리고 있는 게야?"

"그야 뭐. 어디를 노려야 이 몸이 더 돋보일지를 살피는 게지요. 기왕에 나서는 일인데. 멋들어지게 등장하면 더 좋지 않소."

"하여튼, 네놈은!"

"오, 저기가 좋겠군. 자아, 그만 나서보실까."

홍화선자에게 불벼락이 쏟아질 참이다. 위지백은 허겁지겁 땅을 박차고 나섰다. 그것도 무서운 일이다.

"흐랏차!"

땅을 박차는 것과 동시에 일도를 거칠게 휘둘렀다.

허공을 쪼개는 무광도는 삽시간에 하늘에 닿을 듯한 거대한 도형(刀形)을 갖추어서 신화염의 붉은 불빛과 마운의 그늘이 뒤섞여 뒤채는 소림사의 앞마당을 고스란히 갈랐다.

십여 장에 이르는 도형이라니.

그 앞에서 마인들은 단 하나도 무사하지 못했다. 그 공백으로 위지백은 곧장 떨어져 내렸다. 그가 만든 피 웅덩이를 가볍게 밟고 섰다.

"후우."

내뱉는 한숨이 가볍다. 밀려난 마인들은 하얀 눈을 번뜩이면서 다시 그를 향해 달려들었다. 앞에서 보인 일대의 신위에도 그들은 아랑곳하지 않는다.

"그럴 만하지. 성마의 충실한 종복들이시니까."

위지백은 가볍게 비아냥거리고서 다시 칼을 앞세웠다. 천산 구석에 웅크리고 있던 마도 놈들을 마주하는 것은 실로 오랜만이다. 그러나 두려워할 바도 아니고, 긴장할 것도 아니다.

히죽, 입가에 짙은 살소가 어렸다.

무광도가 다시금 휘황하게 움직였다. 허공을 가르는 도적, 그것을 쫓아서 무지갯빛의 도광이 쭉쭉 뻗어 나갔다.

도법으로 신화경에 이르면 발현할 수 있다는 최고봉. 도홍(刀虹)이다.

달려드는 마공기력이 거짓말처럼 갈라지고, 수 명의 마인이 미처 깨닫기도 전에 두 쪽으로 흩어졌다. 위지백은 바람처럼 몰아쳤다.

가운데로 곧게 길을 내고서, 위지백은 성큼성큼 걸어 나아갔다. 그러면서 나한진을 수습하는 소림승들에게 외쳐 말했다.

"나아가 상대하는 건 이 사람이 할 터이니. 스님들은 자리를 잘 지키시구려."

"위지 시주!"

"서장제일도!"

나한들은 느닷없이 등장하여서 마인들을 쓸어가는 신룡대 검객들 모습에 당황했지만, 여기 나서는 위지백은 바로 알아볼 수 있었다.

그는 소명과 함께 소림사에서 한 계절을 나지 않았는가. 나한들뿐만이 아니라, 소림 제자들 모두 웃는 위지백을 기억했다. 그들에게 위지백은 한번 손을 들어 보였다.

"자자, 맡겨 주시구려. 뭐, 나만 나서는 것은 또 아니니까. 으하하하!"

위지백은 그러고는 재차 앞으로 뛰쳐나갔다. 웃음이 채

가시기도 전에 무광도, 절세의 보도가 지잉지잉! 울어 젖혔다. 도첨에 무지갯빛이 아롱지며 머물렀다.

도홍환, 도홍을 또다시 극도로 압축하였으니. 지금의 무광도는 인세의 칼이라 할 것이 아니었다. 그에 따라서 하늘을 온통 뒤덮을 것처럼 밀려오던 마운의 검은 그늘이 주춤주춤하는 듯했다.

그만큼이나, 위지백은 거침이 없었다.

"자아, 떨거지들아, 와라!"

칼날이 움직일 때마다 목이 연이어 뚝뚝 떨어지고, 일대에 마운이 씻기듯이 갈라진다. 마두의 목에서 솟구치는 핏물만이 뜨겁고도 세차게 솟구칠 따름이다.

"저, 저게 서장제일도."

누군가 망연한 채 중얼거렸다. 그 이름도 오늘을 기점으로 다시 바뀌겠고나, 예감이 들었다.

소림승들은 나한이고, 백의전 무승이고 가릴 것 없이 한껏 기합을 내질렀다. 서장제일도가 나서니, 자신들이라고 얌전히 있을 수야 없는 일이다.

막 기운을 떨쳐내려는 찰나, 법현이 흠칫 고개를 돌렸다. 솟구치는 신화의 불길 너머에서 우와아! 울리는 소리가 있었다.

"저들은?"

"왔구나!"

찰나의 의아함. 여기서 에워싼 마인들 너머로 또다시 마인 한 무리가 밀려오는가. 그런데 가까이에서 호충인이 바로 반색했다.

그래, 도우러 달려온 것은 위지백이 전부가 아니었다. 또 다른 후위가 있었다. 소실봉을 그대로 뛰어넘어서, 소림사 뒤에서 족히 수백에 이르는 자들이 전력으로 밀려오고 있었다.

그들은 곧 소림파의 제자들이고, 또한 천하의 무인들이었다. 앞에서 가장 기운차게 소리치는 것은 물론 등용문의 무인들이었다.

"문주! 우리가 왔소!"

쩌렁, 힘차게 소리치기가 무섭다. 일대의 무인들은 힘껏 소리쳤다.

"본산을 지켜라!"

"소림사를 도와라!"

"가자아!"

"와아아아!"

중구난방, 떠드는 소리는 제각각이지만, 단 하나만큼은 분명했다. 여기 모두는 소림사를 돕고자 먼 길을 은밀하게 다가오는 것을 마다치 않았다.

거기서는 죽자고 위지백을 따라붙은 두 사람의 젊은 고수, 천산파의 장관풍, 그리고 소림파 도기영이 있었다. 이제는 검응도영(劍鷹刀英)이라는 별호로 같이 불리게 된 두 사람이다. 그래도 여기서는 무리의 하나였다.

"으아아! 가자!"

도기영은 목청이 터질 듯이 한껏 울부짖었다. 반면, 장관풍은 입술을 비튼 채, 소리 없이 검광을 흩뿌렸다.

사문, 천산파의 사형제들이 여기에 있다는 것을 알았기에, 더욱 거칠게 몰아붙였다. 입을 열 여유도 없었다. 천산 검법이 더없이 화려하게 폭발했다.

장관풍이 뛰어들어서 천산파를 수세로 몰아붙이는 마인들 한 축을 일거에 베어냈다.

서거걱!

강철 두른 듯이 단단한 목덜미가 그 일검 궤적에 간단히 갈라졌다.

솟구치는 마인들 얼굴에는 자신이 당한 줄도 모르고 그저 급박함에 일그러진 표정을 하고 있었다.

핏물은 뒤늦게 솟구쳤다.

픽픽, 쓰러지는 이들. 그들을 맞이한다고 잔뜩 긴장한 천산파 검객들은 그제야 숨을 돌리고서 고개를 치켜들었다.

날 듯이 달려온 장관풍이 그들 앞에 서둘러 두 손을 맞잡았다.

"사형!"

"관풍, 네 이녀석!"

비응십삼검 수장이자, 대사형인 악무기는 냉큼 다가온 장관풍 모습에 이를 악물었다. 날카로운 인상인데, 험악하게 일그러뜨리니 더욱 무시무시하다.

그러나, 그도 잠깐.

악무기는 상황 시급함에도 그만 장관풍을 힘주어 부둥켜안았다.

"무사했구나! 무사했어!"

"어, 어어, 대사형."

"이런 빌어먹을 놈!"

한번 꼭 안은 것으로 되었다는 건지, 악무기는 바로 장관풍을 밀어냈다. 그는 검을 고쳐잡고서 버럭 다그쳤다.

"뭘 멍하게 있느냐. 아직도 도처에 마인이다!"

"옙!"

장관풍은 바로 검날을 세웠다. 휘이잉! 그 하나로 검첨에 검풍이 빠르게 휘돌았다.

탁연수는 고루천강공을 거듭 펼쳤다. 그와 마주한 마인

은 온통 시커먼 숯덩이 꼴로 주저앉거나, 백광이 어린 쌍수에 육신이 갈라졌다.

열 손가락을 갈퀴처럼 웅크려 조수를 이루었다. 그 손끝에는 백광이 뚜렷하게 맺혔다.

고루천강을 극도로 응축한 결과로, 탁연수가 복원해낸 강시당 비전 음풍찬영조(陰風鑽影爪)가 그 위용을 드러냈다.

"흠!"

번뜩이는 일격에 한 마인이 그대로 절명했다. 전신을 흑철처럼 검게 물들이고서, 굵은 강철봉을 무섭게 휘둘렀지만, 주춤 물러나는 그의 가슴에는 다섯 구멍이 선명했다.

탁연수가 손을 채 거두기도 전에, 쓰러졌던 마인 하나가 벌떡 달려들어서 탁연수의 허리를 부여잡았다. 막무가내였다.

"으으! 같이 죽자!"

고루천강공에 까맣게 타버렸음에도 마지막 숨이 남아서 발악하는 것이다.

크르르르!

짐승의 효후(哮吼)처럼, 마인은 한껏 으르렁거리며 발악했다. 그 틈을 노리고 다른 마인이 사방에서 일제히 덮쳐들었다.

"죽어라, 시체 당주!"

"목을 내어라!"

탁연수는 움츠러들기보다는 바짝 턱 끝을 치켜들었다. 안광에 새파란 전광이 어렸다.

"이것들이!"

매달린 마인을 미처 떨쳐낼 수가 없으니. 이대로 맞이할 뿐이다. 그 순간 한 줄기가 바람이 가볍게 불어왔다. 그러나 바람에 실린 것은 절정의 검기였다.

스거걱.

가볍게 울리는 소리가 있었다. 그리고 밀어붙이는 마인은 그만 허리가 뚝 끊어졌고, 탁연수를 노리고 덮치던 마인들은 어찌 당한지도 모르고 일제히 목이 솟구쳤다.

후드득! 투득!

조각난 몸뚱이가 맥없이 떨어졌다.

"오잉?"

탁연수는 두 손에 가득 맺은 천강공을 흩어버리면서 고개를 돌렸다. 저기에서 혈포 걸친 키 큰 검객, 마도옥이 헐레벌떡 달려왔다.

"탁 당주, 탁 당주."

"오, 신룡대주가 아니신가. 하하."

탁연수는 신룡대주를 알아보고서 낮게 웃었다. 웃다가 부르르 몸을 떨었다.

'어라, 그러고 보니.'

지금에야, 탁연수는 까맣게 잊고 있었던 무엇을 떠올릴 수 있었다.

탁연수는 낭패한 얼굴이 들킬까, 주먹을 꼭 쥐면서 슬그머니 고개를 돌렸다. 그러면서 매달린 마인을 툭 떼어내고는 옷자락을 툭툭 털었다.

"아이고, 젠장. 신룡대와 같이 움직이기로 했었잖아. 까맣게 잊고 있었네."

낭패도 이만한 낭패가 또 있을까.

그런 차에 마도옥이 급히 다가와 포권을 취했다.

"탁 당주."

"하, 하하. 신룡대주. 이거 도움에 감사드리오."

"도움이라니요. 별말씀을 다하십니다. 마땅히 할 일입니다. 저어, 그런데 대공자, 아니, 크흠. 저기 권야께서는 어디에 계신지요?"

"음, 소명. 소명은 저 너머에서 지금 좌현사라는 자와 치열한 일전을 벌이고 있다오."

"헙! 그렇다면."

마도옥은 탁연수가 대충 가리킨 방향으로 바로 몸을 돌렸다. 그대로 내달릴 판이다. 그때, 마량의 외침이 발목을 잡았다.

"대주!"

"왜 부대주!"

"무작정 뛰쳐나가면 대체 어쩌란 말입니까!"

마량이 신룡대를 이끌고서 급히 달려왔다. 와중에 차근히 마인들을 베어넘긴 차였다. 그러고도 아직 마인은 부지기수였다.

"대공자께서 지금 홀로 상대하고 있으시다 하지 않으냐!"

"그래서요."

"그래서는! 당장 우리가."

"그리 달려가셔서 자칫 소림사가 불타기라도 하면, 대공자께서 아이고, 잘했다 하시겠습니다?"

"으응?"

한숨 짙은 마량의 한 마디에, 마도옥은 그만 말문이 막혔다. 그는 머뭇거리면서 괜히 주변을 살폈다.

흩어진 소림사 무승들이 모여들었고, 자신들 신룡대를 비롯해서, 하남 무인들도 뛰어들었다.

상황이 크게 나아졌다고 하지만, 아직 마도 무리에 비하면 열세였다.

마도옥이 지금 주저할 사이, 신룡대는 일대를 에워싸고서 달려드는 마인들을 걷어내고 있었다. 그들이 공세로 나서지는 못했다.

아직 마도옥이 뜻을 정하지 못한 탓이었다.

신룡대가 소명을 쫓아서 어딘지 모를 곳을 찾아 헤맨다면, 그만큼 공백은 분명했다.

갈등이 이는 참인데. 은밀하게 파고든 그림자가 하나가 불쑥 솟구쳤다.

"크아악! 죽어랏!"

"에잇, 말하는 중이지 않으냐!"

마도옥은 배후에서 솟구친 마인을 향해서 대뜸 손을 뻗었다. 굳이 돌아보지도 않는다, 단번에 목을 틀어쥐고서 냅다 땅에 처박았다.

꿍!

비명조차 내지를 틈이 없었다. 돌바닥에 처박혀서는 핏물만 쫙 뿌려졌다.

"제길!"

마도옥은 검 자루를 고쳐 잡았다. 마량의 지적이 옳았다.

천룡이 직접 내린 명은 대공자를 보필하라는 것이지만, 그렇다고 당장 눈앞에서 벌어지는 치열함을 외면하고 움직일 수도 없는 일이었다.

마도옥은 검을 들었다.

이제까지는 비록 본인은 마다했어도, 천룡대공자를 찾는다는 생각에만 몰두했던 터라 맹한 모습을 보였지만, 그는 무산제일검인 무곡검군이고, 신룡대주였다.

검을 다시 든 그는 전혀 다른 사람이었다.

"신룡대는 마도를 척결하라! 이곳을 빠르게 정리하고 대 공자를 보필하도록 한다!"

"예, 대주!"

마량도 분연히 외쳤다.

운중신룡(雲中神龍), 풍우교가(風雨交加).

구름 속 신룡이 나서니, 비바람 몰아친다. 자리를 지키 던 신룡대가 검을 뽑고 나서자, 단숨에 일대에 피바람이 몰아쳤다.

신룡의 검은 마도가 뿌리는 검은 핏물 속에서도 빛을 잃 지 않았다.

탁연수는 마도옥 덕분에 잠시 숨돌렸다가, 슬그머니 거 리를 두었다. 마량과 신룡대가 우르르 내려왔을 때부터는 냉큼 다른 쪽을 맡고자 자리를 피했다. 그러면서 안도의 한숨을 흘렸다.

"휘유, 하마터면 추궁당할 뻔했네. 에이, 아무리 그래 도 어떻게 깜빡했다는 말을 하겠어. 아오, 못 해. 나는 못 해."

탁연수는 고개를 절레절레 흔들었다.

소실봉 아래에 소림사, 그곳은 이제 전장이나 다름없었다. 피가 내를 이룰 것처럼 줄줄 흘렀다. 그래도 어느 쪽이건 물러서지 않고 악착같이 싸웠다.

그 혈기가 하늘에 이를 듯했다.

"위지가 왔군. 그리고 천하가 움직였다. 이제 어찌할 텐가?"

"흐, 흐흐흐흐."

외치는 소리는 소명이 있는 곳까지 이르고도 남았다.

유독 크게 들리는 것은 역시 위지백의 공력 넘치는 호호탕탕한 일성이다.

소명은 턱을 타고 흐르는 핏물을 훔쳐내고서, 고개를 꺾었다. 마주한 여러 마인, 좌현사를 보필하는 친위마인 여럿은 그가 던진 말에 그저 마른 웃음만 흘렸다.

마운이 솟구치는 것과 더불어서 마공이 한순간에 급증한 그들이다. 그럼에도 눈앞의 소명 하나를 압도하기는커녕 길목을 막는 것에만 급급했다.

이때에 저 너머의 일도 영 좋지 않게 돌아가는 모양이다.

흔들릴 법도 하지만, 누구 하나 주춤하는 자가 없었다. 오히려 더욱 기운을 끌어내면서 두 눈에 불을 켰다.

"몽상순천도의 전인. 위지백. 그래, 참 대단한 칼이지. 참으로."

마인은 이를 드러낸 채, 소명을 노려보았다.

"정말 하나에서 열까지. 자객불원, 네놈들은 어디까지 본교의 앞길을 막으려고 하는 게냐."

웃음과 함께 내뱉지만, 그들 눈빛과 목소리에는 원독이 한없이 진득하게 머물렀다.

"풰, 뭐라는 거야."

소명은 고인 핏물을 거칠게 뱉어냈다. 그는 피투성이 꼴이 된 채, 젖은 머리카락을 대강 쓸어넘겼다. 이 모두가 마인의 피, 참 지독한 상황이었다.

서로 충돌한 지, 고작 반 시진 정도나 되었을까. 그간에 충돌한 공력은 땅을 뒤엎고도 남는다.

그러나 죽은 자를 제외하고, 남은 이들은 얼마나 심각한 부상이든 개의치 않고 벌떡, 벌떡 일어나 소명의 앞을 막아섰다.

소명을 붙들고 있는 것이 마치 지상과제나 다름없다는 듯, 일체의 방어를 도외시하고, 뛰어들었다. 그렇게 붙잡은 한 걸음과 또 한 걸음. 그리고 주먹 쥘 틈을 주지 않고 매달리기를 반복한다.

위지백과 천하 무인의 반격이 일어나면서 생긴 잠깐의

대치, 소명은 줄지어 늘어선 마인들을 보면서 휘휘, 손을 흔들었다.

지독한 것들.

그러다가 소명의 눈빛이 문득 마인들 뒤로 향했다.

등벽이 저기 뒤에서 잿빛의 둥근 벽을 두르고서 외눈에는 검은 불꽃을 태우고 있었다. 저렇게 웅크려서 자리를 지키는 이유는 분명히 있겠지.

그리고 무엇이든 별로 좋은 일은 아닐 게다. 없는 성마를 다시 세상으로 돌이켜 세운다는 자들이니.

"쯧……."

소명은 혀를 찼다. 서서히 조급해지고 있기 때문이었다. 그러나 부동심이야말로 마땅히 갖춰야 할 것이니. 이때에는 자신을 다잡는 수밖에.

어수선한 마인들을 앞에 두고서 소명은 숨을 다스렸다. 가만히 밀어내는 숨결은 차분했다.

생사가 교차하는 치열한 일전을 벌이는 사람이라고는 도무지 보이지 않았다. 흠뻑 뒤집어쓴 핏물조차 자신의 것이 아닌 바에야.

그런 소명을 보면서, 친위마인 전부는 핏물과 숨을 억지로 삼켜냈다.

'괴물 같은 놈……. 저게 진정한 괴물이구나……'

그들은 당장 어깨를 맞대고서 다시 벽을 이루었다. 소명을 향해 낮게 으르렁거렸다.

"결코, 이 길을 내어줄 수 없다. 권야."

헐떡거림 속에서 내뱉는 그들 목소리에는 살기, 분노 이전에 다른 무엇이 있었다. 저것은 절박함에 더 가까운 듯했다.

"후우, 그래. 그렇군."

소명은 잠시 지친 듯이 고개를 흔들었다.

상황은 분명 다급하게 흘러가고 있다. 그래도 심중을 고요하게 다스리고서 소명은 편히 어깨를 늘어뜨렸다.

"그나저나, 이렇게 사람이 죽어 나가니. 숭산의 영기가 크게 훼손되겠어."

"그것이 걱정인가?"

"아무렴, 걱정이지. 뒤를 보지 않는 당신네와 달리, 나는 뒤를 생각하지 않을 수가 없거든."

"오만하구나. 권야. 네게 나중이 있을성싶더냐?"

"아무렴. 나중은 항상 있지. 그것은 모두에게 공평한 것이라오."

친위들 사이에서 마인들은 어이없어 웃었다. 그러나 소명은 차분하게 답했다. 퍼뜩 고개를 비스듬하게 기울이고서, 마인들 너머를 향해 손짓했다.

"좋아, 숨 돌리는 것은 이 정도로 해두지. 뒤에 보니, 당신네 좌현사도 끝을 향해 가는 것 같은데."

흠칫, 어깨가 들썩였다. 눈을 떼어서는 안 되는 상대가 앞에 있는데, 저 한마디에는 그만 자신도 모르게 눈동자가 흔들렸다.

인내력을 발휘하여서 고개마저 돌아가지는 않았지만, 소명에게는 눈이 흔들리는 정도로 충분했다.

한 손을 뻗어 앞에 세우고, 가볍게 쥔 주먹을 허리 옆에 바짝 붙인다. 그리 매달렸건만, 찰나에 소명의 주먹을 허용하고 말았다.

벼락 맞은 듯이 마인들은 발작적으로 땅을 박찼다. 소명을 몸으로라도 덮칠 작정이다.

"억!"

"마, 막!"

소명은 그러나 서두르는 바 없이, 주먹을 앞으로 내질렀다.

이것이야말로 수미금강권의 일초로, 수십 걸음, 심지어 백여 걸음에 이르는 거리도 무시하기에 세상에는 백보권, 혹은 신권이라는 이름으로 따로 알려진, 한 번의 주먹질이다.

텅······.

소림사 앞에서처럼 큰 소리나 거창한 폭발은 없었다.

빈 항아리를 가볍게 때린 것처럼 공명음이 울렸다. 땅을 박찬 마인 여럿이 순간 몸을 굳혔다. 그들은 일제히 숨을 삼켰다.

뛰어든 그들 내부로 무언가가 뚫고 지나갔다. 그에 따른 고통은 없었다.

"허억……."

그만 참았던 숨이 터졌다. 기운이 쭉 빠져나가면서 그만 털썩 무릎을 꿇었다. 아직 정신은 온전한데, 무슨 영문인지 손가락 하나 움직일 수가 없다. 그런 이들을 사이로, 소명은 담담하게 움직였다.

그를 향해 손을 휘저었지만, 미련일 뿐, 소명의 옷깃 하나를 잡지 못했다.

두웅!

북 울리는 소리가 집중하는 등벽의 귀를 때렸다.

"음!"

엄습하는 울림이 무거워라, 등벽은 입술을 질끈 물었다.

'만혼벽이 아니었으면, 이 한 번에 무너졌다.'

성마회천을 위해 단단히 준비한 것 중 하나가 지금 자신을 보호하고 있는 원혼의 방벽, 만혼벽이다.

만혼이라는 이름에서 알 수 있듯이. 단순한 마공기력이
아니었다. 이제껏 희생된 마인의 혼백까지 그러모아서 갖
추어낸 절대의 방벽이라 할 수 있었다.

기운을 외부로 뿜어서 신체를 보호하는 방신기, 육신 자
체를 금강석에 비교할 정도로 단단하게 하는 금강불괴, 그
모든 것도 지금 두른 만혼벽에는 비할 수가 없다.

수십, 수백, 어쩌면 기천에 이르는 마인의 혼백으로 쌓
은 벽이니. 애초에 검백의 검령신검기를 염두에 두고 준비
하였던 것이다.

그럼에도 벽을 뚫고서 충격을 느낄 정도라니. 지금 한 주
먹에 실린 위력이 어느 정도일지는 굳이 말할 것도 없다.

등벽은 고개를 치켜들고서 외눈을 번뜩였다.

허망할 정도로 쉽게 무너져버린 친위 마인들 사이로, 소
명이 다가왔다.

"기어코⋯⋯."

처음 각오했던 것에 비하면 상당한 시간을 벌어내기는
하였지만.

등벽은 입술을 끝을 한껏 비틀었다.

"역시 권야. 마도제일적이로다."

분노하는 것도 분명한 일, 그러나 동시에 감탄할 수밖에
없는 것 또한 솔직한 심정이다.

"인정한다. 인정하지. 어찌 감히 의심할까. 그렇더라도, 너는 오늘 일을 막을 수는 없을 것이다."

숨을 몰아쉬면서도, 등벽은 천천히 중얼거렸다.

다가오는 소명에게 하는 말이면서, 자신에게 하는 다짐이기도 하다.

그는 불현듯 고개 돌려서 너머의 일을 바라보았다.

전황은 자신의 구상대로 돌아가고 있지는 않았다. 하남을 비롯한 천하 곳곳으로 흩어지게 한 소림사의 무승들이 불원천리 달려올 줄은, 그에 더해서 소림파라고 하는 속가들은 물론, 천하의 무림인들이 줄지어 밀려올 줄은.

그런 상황 속에서도, 등벽은 흐린 웃음을 지었다.

아직 마인은 수적으로 우위를 차지하고 있었고, 마운은 아직 기운을 다하지 않고 있었다.

한때에 크게 밀려나기는 했지만, 여전히 격렬하게 싸워나가면서 거듭 소림사를 향해 거리를 좁혀가고 있다. 그리고 소림의 경내에서는 검백의 신검기가 솟구치고, 신화의 시천염이 거듭 휘몰아쳤다.

저것이 극에 이르는 순간을, 등벽은 기다리고 있었다. 지금 자리에서 버티어내는 것도 그 때문이었다. 이런 속을 알고나 있을까.

소명은 앞에서 주먹을 쥐었다.

"어차피 더 말할 것도 없겠지."

진정으로 발휘한 백보권에도 한번 요동쳤을 뿐인 만혼벽, 소명은 그것을 아예 두 손으로 직접 뚫어낼 작정이다.

흡!

두우웅, 두두두둥!

숨을 끊어내는 동시에 두 주먹을 연이어 내질렀다.

만혼벽이 재차 울어댔다. 그 충격은 무시무시하여서 거듭 퍼져 나갔다. 일대가 요동치는데, 소명이 후려칠 때마다 만혼벽은 연신 출렁거리면서도 다시 모여서 맴돌았다.

만인의 혼으로 이루어진 방벽, 마도의 제일방벽이라고 하는 것이 괜한 이름이 아니었다.

소명은 그래도 묵묵히 주먹을 휘둘렀다. 단 한 주먹에 때려 부술 수 있는 성질의 것이 아님은 잘 알았다. 정확하게 같은 곳을 노리고 짧고, 짧게 주먹을 뻗었다.

퉁! 두퉁! 두두두웅! 두두두두두두둥!

북 치는 듯한 소리가 계속 빨라지기 시작하더니, 이내 수백의 우박이 떨어지는 것처럼 한 자리에 집중하여서 연신 터지기 시작했다.

"읍!"

등벽은 숨을 딱 멈췄다.

밀어붙이는 소명의 주먹질은 이내 벽을 뚫고서, 버티고

있는 등벽에게 미쳤다. 그렇다고 한들, 등벽은 무너지지
않았다.

'조금만, 조금만 더! 조금만!'

불현듯 등벽은 외눈을 크게 치떴다. 그는 멀리 소림사에
서 일어난 어떤 변화의 조짐을 보았다. 높이, 높이 타오를
듯한 화염산 신화의 불 벽이 한순간 흩어진 것이다.

등벽은 버럭 소리쳤다.

"때가 왔노라!"

동시에 만혼벽이 와장창 깨어져 나간다.

꺄아아악! 끼이이익!

흡사 수백의 원혼이 내지르는 듯한 처절한 비명이 귀를
찔렀다. 그래도 등벽은 한껏 웃어젖혔다.

"으하, 으하하하하!"

환희에 찬 그 얼굴, 소명은 단숨에 거리를 파고들었지
만, 주먹을 내뻗지는 못했다. 바로 등 뒤에서 엄청난 빛이
번쩍하고 터져 나왔기 때문이었다.

상당한 거리가 있었지만, 그 강렬한 광휘에 한없이 짙은
그림자가 펼쳐졌다. 그 아래에서 등벽은 두 팔을 한껏 펼
친 채, 우윳빛의 강렬한 섬광을 그대로 맞받았다.

소명은 질끈 입술을 깨물었다.

"젠장……."

좌현사는 자신조차 미끼로 삼은 것이다. 소명은 지금 알았다.

* * *

마령사자는 전력으로 몰아쳤다.

신화 불길에 한쪽 팔이 잿더미가 되어 흩어졌지만, 아랑곳하지 않았다.

"흐압! 하으, 흐흐흐흐!"

뛰어든 마령사자는 미친 듯이 웃어젖혔다. 기어코 신화의 불벽을 가르고 뛰어들었다. 그는 순간 정신이 아득해졌다.

'아, 이것은……'

신검기의 아름다운 빛이 일대를 장악하면서, 그들이 비장으로 내민 세 천하 고수를 천천히 압도하고 있었다.

뛰어든 마인 전부가 몸을 던진다고 해도, 아무런 영향도 미치지 못할 것이 뻔했다. 그러나 어지러운 그곳으로, 마령사자는 주저함 없이 몸을 날렸다.

'모든 것은 성마를 위해……'

"사자!"

"마령사자!"

같이 뛰어든 마인들이 급히 외쳤지만, 이미 그 소리는 마령사자에게 닿지 않았다.

눈앞이 아득해진다.

휘감은 신화의 불길, 그리고 사방에서 에일 듯이 퍼져오는 신검기의 예리한 검기, 거기서 마령사자는 자신을 놓았다.

"허업!"

주변 모두가 급한 숨을 삼켰다. 마령사자의 육신이 갈가리 찢겨나갔다.

한없이 당연한 일이라고 할 수 있었다. 스치는 신검기, 신령에 이른 기운을 전부 몸으로 받아냈으니. 그러나 그의 죽음은 또 다른 시작이었다.

신검기가 있고, 신화력이 있다. 그리고 자신이 품은 것은 좌현사의 크나큰 안배였다.

소림사를 태워 존체를 찾을 수가 없다면, 존체가 스스로 나오게 하는 수밖에 없지 않겠는가.

"성마여······."

짧은 한마디를 끝으로, 마령사자라 불리던 이는 그대로 산산이 흩어져버렸다. 그런데 그가 품고 있는 것은 성마의 신물이었다.

천산 성소에서 비장하고 있는 성마의 또 다른 조각이라

할 수 있었다. 그것이 신검기를 빨아들이고, 신화력을 끌어당겼다.

마령사자와 함께 안으로 뛰어든 마인 중 한 사람.

공야씨족의 공야성은 그 모습을 보면서 희열에 몸을 떨었다. 상황과는 어울리지 않겠지만, 그래, 희열이라고밖에는 달리 말할 수가 없었다.

그가 성소에서 직접 챙겨온 성마의 비보가 지금 빛을 발하기 때문이었다.

"그래, 지금이다! 성마시여!"

공야성은 움켜쥔 주먹을 높이 치켜들었다.

마령사자의 몸이 한순간 모래성처럼 허물어져 버리고, 그 자리에는 우윳빛을 잔뜩 머금은 성마의 조각이 윙윙 울면서 몸을 떨었다.

사람의 이목으로는 들을 수 없는 낮은 울림이었다. 경내에 이에 호응하는 것이 있었다. 탑림의 한구석이었다. 이름 모를 승려의 사리라 여긴 낮고 볼품없는 탑이었다.

작은 탑이 들썩거리더니 바로 무너져내렸다. 그 자리에서 우윳빛을 품은 한 조각의 구슬이 솟구쳐 올랐다.

방장은 불현듯 어깨를 작게 들썩였다. 병색 짙은 얼굴을 들었다.

"음."

경내에서 벌어지는 강렬한 기파는 물론이고, 소림사를 뒤흔드는 치열한 격전이 벌어지는 소리가 고스란히 닿고 있었다.

그런 와중에 가슴을 때리는 울림이 있어서, 방장의 부동심을 흔들었다.

작은 탑이 하나 무너졌을 뿐이지만, 그것을 방장은 내원에 앉아서 바로 깨달았다.

기운이 다한 채, 염주를 돌리던 손가락이 굳어버렸다.

"허어……기어코……."

누대를 이어가면서 소림사 어딘가에 숨겨진 성마의 흔적, 성골이 지금 깨어난 것이다.

마땅히 나서야 하려나, 방장은 이제 진원마저 다한 상태라 옴짝달싹할 수가 없었다. 허리를 세우고 앉아 있는 것이 그가 할 수 있는 고작이었다.

그래도, 방장은 힘 빠진 손을 더듬어서 녹옥불장을 찾아 움켜쥐었다.

"아미타불. 세존이시여, 늙은 중에게 마지막 기운을 주소서."

방장은 눈 감고 가만히 속삭였다. 창백한 얼굴이 더욱 납빛으로 물들었다. 반면 불장을 움켜쥔 손에는 불끈 힘이

들어갔다.

당장 변화를 깨달은 것은 검백이었다.

'신검기를…… 취했다?'

검결지를 맺은 손이 크게 들썩였다. 검기가 크게 사그라졌다. 눈앞에 대도가 별 무리처럼 아름다운 빛을 품고서 요동치는 것을 내버려 두고서, 그의 깊은 눈길이 바로 한쪽으로 돌아갔다.

"검백!"

아함이 버럭 소리치며 급히 신형을 뒤틀었다. 소매를 세차게 털어내자, 이제까지와 비할 바가 아닌 백염이 바닥을 타고서 빠르게 솟구쳐 올랐다. 그리고 검백의 전면을 간신히 막아냈다.

쩌렁!

터지는 소리가 강렬하다. 그만큼 여파도 무섭게 치솟았다. 그럼에도 검백 사마종은 자리를 지켰다. 크게 밀려난 것은 아함이었고, 월부대도였다.

"컥! 커흑!"

백염신화.

완성에 가깝지만, 아직 완성에는 이르지 못한 화염산의 최고 절초 중 하나였다. 월부대도가 전력으로 떨친 일도를 받아낸 것까지는 좋았지만, 대가는 상당했다.

악문 잇새로 치미는 선혈이 튀었다.

바로 역습이 올 터, 세를 당장 수습해야 한다. 그런데 각오한 일이 벌어지지 않았다. 잠시 시간이 멈춘 듯하다.

"으음?"

아함은 눈썹을 한껏 일그러뜨렸다. 마주한 세 사람의 천하고수가, 검백처럼 굳어서 한쪽을 같이 향하고 있었다.

아함은 차마 고개를 돌리지 못했다. 그들의 눈이 향한 곳에서 강렬한 빛이 터졌기 때문이었다.

번쩍!

허공에서 성골과 성마의 신물, 천극마종지를 품은 두 개의 조각이 서로 마주쳤다. 충돌은 없었다. 서로 끌어당겨서 하나가 되는 순간 더없이 강렬한 빛을 터뜨렸다.

하늘 높이 떠오르는 태양의 한 조각이 여기에 드러났다고 해도 과언이 아니었다. 정면으로 본 이들은 순간 눈이 멀 정도였다.

소실봉 일대를 뒤덮은 마도의 흑운이 확 밀려났다.

결국.

소명은 혀를 찼다.

소실봉 전체를 에워싸다시피 한 마인들, 그리고 하늘을 가릴 듯이 솟구친 마기의 총화, 마운. 그 모든 것을 일거에 압도하는 광휘라니.

"일어나고 말았구나."

소명은 눈을 가늘게 떴다. 그리고 고개를 돌렸다.

등벽이 만족한 얼굴을 한 채, 주저앉아 있었다. 그는 이
제 고개 가눌 힘조차 남지 않았다.

"흐, 흐흐."

기운은 없어도, 웃음은 나왔고, 외눈에 맺힌 광망은 뚜
렷했다.

"저것이 보이느냐, 권야. 저것이, 저 광휘야말로 진정한
신인, 성마께서 깨어나시는 광경이다."

"그래, 그래. 잘났다."

소명은 성의 없이 답했다. 흡사 태양의 한 조각이 하계
로 떨어져서 더욱 빛을 발하는 것만 같았다. 모든 것을 압
도하는 광원이었다. 직시하기조차 쉽지 않았다.

빛이 밝은 만큼, 그림자 또한 짙은 법이라.

소명은 줄기줄기 하얀 빛을 뿜어대는 광원을 보면서 혀
를 찼다.

저기로부터 솟구치는 거대한 기운, 절로 모골이 송연해
지고, 목덜미가 묵직했다. 갈수록 압박하는 무게가 더해지
고 있었다.

이제 다른 마인이라는 것들을 걱정할 것도 없겠다.

마공을 지닌 이들은, 이미 납작 엎드려서 바들바들 몸을 떨었다. 그러지 아니한 자들은 이미 무너진 자들뿐이다. 아니, 마인들만이 아니었다.

일대를 압도하는 성마의 광휘 앞에서, 속한 바를 구분할 것 없이 모두 굳어버렸다.

화염산의 신화가 아직 소림사를 에워싸고 있었지만, 그 기운은 한참 줄어든 상황이었다. 성마는 아직 깨어나지 않았지만, 그것은 시간문제라 하겠다.

등벽은 마도 전부를 걸었고, 지금까지 그의 의도대로 된 셈이었다. 낭패와 분노는 그대로이다. 한편으로는 인정할 수밖에 없는 일이기도 하다.

미쳤으니 할 수 있는 일이라지만, 이건 미쳐도 너무 미쳤다. 아니, 지독하기까지 했다.

좌현사라는 직위가 무의미할 정도로, 등벽은 마도의 모든 것을 내던졌다. 단순하게 전력을 다하였다는 말이 아니다.

마도의 과거, 마도의 현재, 마도의 미래까지.

천산에 깊이 머무르며 맥을 지키는 자들까지 모조리 끌어내어서는 성마의 불길 앞으로 밀어냈다. 무엇을 더 말할까.

거기에는 자신의 남은 목숨도 포함되어 있으니.

소명은 고개를 흔들고, 어깨를 좌우로 세차게 털어냈다. 짓누르는 압박을 떨쳐내기 위함인가. 그는 곧 두 손을 맞잡고서, 하나, 하나 꾹꾹 누르면서 몸을 풀기 시작했다.

그의 눈초리는 마운 사이에서 강렬한 빛을 뿌리는 작은 태양에서 떨어지지 않았다.

"권야…… 너……."

"천산의 성소에 성마의 신물이 있다고 했었지."

"……."

"이제 알겠군. 그 꿍꿍이를…… 쯧!"

소명은 몸을 풀면서 낮게 중얼거렸다. 딱히 등벽에게 하는 말은 아니었다. 등벽은 그 고요한 기색에 숨을 삼켰다. 외눈에 맺힌 광망이 요동쳤다.

이미 끝난 것이나 다름없었다.

광휘 속에서 성마가 깨어나면 그것으로 천하는 오로지 성마라는 신인을 마주하게 될 뿐이다. 그럼에도 엄습하는 이 불안은 대체 무어란 말인가.

그는 힘겨운 숨을 다잡고 휘청거리는 몸을 세웠다.

합장하는 소명의 모습이 심상치 않았다.

"무슨 짓을, 너 무슨 짓을 하려는 거냐……!"

덜컥 좌현사는 가슴이 내려앉았다. 이미 시위를 떠난 화살이다. 다시 돌이키는 방법이란 있을 수가 없건만.

소명은 차분한 얼굴로 있지 않은가.

좌현사는 그럴 리가 없다, 그럴 리가 없다고 스스로 되뇌면서도 불안을 지우지 못했다.

소명은 촌음 만에 호흡을 회복했다. 아무 힘도 쓰지 않은 사람처럼 호흡도, 눈빛도 고요했다.

"성소에 숨긴 신물을 끄집어내고, 거기에 신검기, 신화기, 양대 신기를 빌어서 성마를 다시 깨우시겠다? 그 하나를 위해서 무수한 목숨을 제물로 삼으시고?"

"서, 성마께서는 이미 깨어나셨다."

"아아, 그래. 깨어나시겠네."

좌현사는 이를 악물고, 이상할 정도로 차분한 소명을 노려보았다. 그는 서둘러 말했다.

소명은 고개를 끄덕였다. 좌현사 말을 부정하지는 않겠다. 성마는 곧 깨어난다.

"……."

"그럼, 다른 신기로써 억눌러버리면 될 일이지."

소명은 짐짓 싸늘하게 내뱉었다. 그것이 어디 말처럼 쉬운 일인가. 여기서 신령함을 지닌 다른 신기가 어찌 튀어나올 수 있다는 것인가.

당황하는 그때에, 소명은 어깨를 가볍게 흔들었다. 몸은 다 풀었다. 그는 하늘에 닿을 듯이 불빛을 밝히는 광원을 보면서 꼭 이를 악물었다.

사조께서 그에게 전한바, 여섯 줄의 경문은 그 자체로 요결이라 할 수 있었다.

한시도 놓은 적이 없었고, 대강남북을 가리지 않고 떠돌면서도 몸소 수행하기를 게을리 한 바가 없었다.

그중 첫째 문구를 차분하게 읊조렸다.

"권야!"

등벽은 눈을 치떴다. 눈앞에 아직 소명이 있건만, 그의 기척은 빠르게 흐려지더니 느낄 수가 없다.

한 박자 늦게, 소명의 모습이 홀연 사그라졌다.

"익! 이이익!"

이미 기력을 다한 몸이다. 그래도 등벽은 자리를 떨치고 일어나고자 안간힘을 다했다. 버둥거리는 그 모습은 저기 멀어라.

소명은 이미 그 자리에 있지 아니했다.

정극관통달(淨極光通達), 적조함허공(寂照含虛空)

정함이 극에 이르면 빛에 통달하니, 온 허공을 아우르며 고요히 비추어라.

심중에 맺은 정함은 저기에 있다. 육신은 빛으로 화하여서 심의가 이끄는 대로 자리를 옮겨갔다.

소명은 합장한 채, 허공을 밟고 섰다. 그는 천천히 눈을
떴다. 사방이 막막하여서 채운이 흐르는 듯하다. 고요한
가운데 창천이 드높다.

태양은 아직 머리 높은 곳에서 온후한 빛을 뿌렸다.

성마라는 지극한 신인이 깨어나는 때에, 태양은 여전히
하계를 비추고 있구나.

그리고 소명은 고개를 숙였다. 저 아래에 작은 태양이
이글거리는 듯했다. 까마득한 높이에 이르러 있지만, 아래
의 모습은 손에 잡힐 듯이 선명하다.

"저것이 성마의 존체로구나."

태에서 아이가 깨어나는 듯하다. 우윳빛으로 빛나는 광
휘가 둥그렇게 감싸고 있는데, 그 안쪽에서는 한없이 불길
한 기운이 맴돌았다.

신검기와 신화력을 받아들이면서 이제야 골수에 남은 성
마성령이 움트기 시작하는 듯했다. 빠르게 자라서는 이내
육신의 형체를 갖춘다.

아직 태를 벗어나지는 않았으되, 시간문제라.

'너는 무어냐?'

불현듯, 머리를 섬뜩하게 파고드는 심어가 있었다. 그
것은 검백의 심어나 천룡의 전어와는 다른 성질로, 우선은
한없이 폭력적이었다.

능엄 속에서 심주를 세운 소명이라도 어깨를 들썩이게 할 정도였다.

이때에, 군이 답할 게 무어 있겠나. 그저 불호를 나직이 읊조릴 따름이어라.

"아미타불."

소명은 합장한 손을 풀었다.

각래관세간(却來觀世間), 유여몽중사(猶如夢中事).

세상일을 모두 둘러보면, 결국 꿈속의 일과 같도다. 실재하는 현상에 구애하여서는 본질을 마주할 수가 없으니.

지금은 불타오르는 마도의 태양이 아니라, 그 내부에서 꿈틀대는 성마의 본질을 대할 때이다.

소명은 탑림에서 검백과 마주한 순간을 떠올렸다. 검백은 말했다. 신기를 받아들여야 하는 순간이 올 수 있다.

그것은 신에 이르는 길일 수도 있고, 영원한 소멸에 이르는 길일 수도 있다.

그때에 자네는 어찌하겠는가.

소명은 묻는 검백에게 이리 답했더랬다.

"후배, 때가 온다면, 마다치 않겠다 하였지요."

이 순간에 소명은 자신이 품은 공전무용을 놓았다. 그리 단단한 단이 바로 흩어지고, 그 안에 품은 힘이 휘몰아쳤다.

그리고 소명은 손을 천천히 아래로 뻗었다.

단지 그것뿐이다.

공전무공을 놓았으니, 굳이 내공이 어쩌고, 공력이 어쩌고 할 것도 없었다. 허공에서 몸을 어찌 가누어야 하는지, 애쓰지도 않았다.

소명은 높은 곳에서 내리누르는 것처럼 그저 손을 아래로 뻗었을 따름이다.

두우우우웅!

위로 솟구치는 광선이 일거에 흩어졌다. 동시에 산 한 귀퉁이로 더없이 거대한 장형이 그 일 점을 짓눌렀다. 그것은 비등한 격을 지녔기에 가능한 일이다.

허공에서 돌연 나타난 거대한 장형, 그 손바닥이 성마의 광휘를 감싸 쥐는 순간, 사방으로 거침없이 뻗어가는 불빛이 거짓말처럼 사라졌다.

하늘을 가릴 듯하던 마운의 일부조차 그에 휩싸여 사라진 듯하다.

일시지간, 소림사를 중심으로 하는 모두가 몸을 가누지 못하고서 털썩털썩 주저앉았다. 거대한 힘의 공백이 있었기 때문이었다.

지금 무슨 상황이 벌어진 것인지, 눈으로 보아도 깨닫는 이는 몇 되지 않았다.

"허어……."

기운이 절로 빠졌다.

삽시간에 공허가 이곳 모두를 지배한다. 감당할 수 없는 탈력감 앞에서, 마인들은 고개 조아리고 그저 성마를 찬하는 문구를 읊어댈 뿐이었다.

그러나 좌현사는 달랐다.

성마의 광구가 사라진 것은 분명 권야가 무슨 수를 썼기 때문이었다.

"서, 성마시여. 성마……시여……."

이 늙은 노복은 당신을 뵙고자, 백여 년 세월을 꼬박 바쳤나이다. 다만 당신 눈길을 한 번이라도 받고자.

등벽은 기력 일체를 다 잃은 채, 손을 휘저었다.

한참 앙상하여서 뼈만 남은 팔이었다. 조금만 더 뻗을 수만 있다면 성마가 온전히 육신을 갖추고 돌아오는 모습을 마주할 수 있으련만. 닿을 듯, 닿을 듯하려나.

등벽의 손은 결국 뚝 떨어졌다.

좌현사 등벽, 일평생을 오로지 성마를 숭앙했다.

전반의 생애에는 성마의 빈자리를 대신하여서 흩어진 마도를 다독이는 데에 여념이 없었고, 후반에는 쌓은 모든 것을 모아, 성마를 돌이키는 데에 전력을 다했다.

적어도 생의 마지막에서 성마의 광휘를 마주하였으니.

성마의 종복으로서, 등벽은 만족한 삶을 이루었다고 할 수 있을지도 모르겠다.

*　　　*　　　*

좌현사가 졸하였다.

성마의 광휘가 사그라진 그때에, 등벽은 모든 것을 다 불태웠기에 더는 버티어낼 수가 없었다.

그가 생을 다하자, 당장 소림사를 앞두고서 그렇게 어지럽게 펼쳐놓은 마도의 진세와 그 흐름은 바로 폭주하기 시작했다.

격렬한 마공기력을 다잡는 자가 없으니. 있는 대로 쏟아붓고서는 그만 손을 놓아버린 꼴이었다.

땅이 갈라지고, 언덕이 무너진다.

쩌저적!

꽈르릉!

이미 치열함 속에 요동치던 소실봉의 푸르름이 삽시간에 엉망으로 흩어졌다.

거기에 가장 크게 휩쓸리는 것은 애달프게도 주축을 이루고 있던 마인들이다. 끝도 없이 밀려온 마인들이 되레

흐트러진 진세에 휩쓸려서 갈가리 찢기고, 폭주하는 마기에 터져나갔다.

참담한 광경 속에서, 소림과 강호의 제자들은 급히 물러났다.

상황을 먼저 파악하고서, 발 빠르게 물러나게 한 것은 역시 마인을 상대한 경험이 쌓여 있는 등용문과 소림 나한들이었다.

호충인이 쌍장으로 마주한 마인들을 거칠게 밀어내고서는 크게 외쳤다.

"모두 뒤로! 휩쓸리지 마라! 어서!"

사자후에 버금갈 듯, 공력을 집중한 외침은 힘있게 울렸다. 이것을 전원이 받아서 같이 외쳤다.

"물러난다! 물러나!"

"휩쓸리지 마라!"

이제는 마인들을 베어낼 것이 아니라, 몸을 뺄 때였다. 신룡대 또한 바로 반응했다. 심상치 않은 변화는 감지한 참이었으니.

"부상자를 수습해! 뒤로, 뒤로!"

전장이 원체 드넓었고, 한참 뒤섞인 혼전이었던 탓에 다들 정신이 없었다. 마인이 아니라면, 아무나 목덜미를 붙들 듯, 옷깃을 움켜쥐든, 다급하게 끌고 물러났다.

와중에 마인들은 기괴한 비명을 터뜨리면서, 제 힘을 가누지 못하고 터져나가거나, 사지가 뒤틀려서는 짓눌려 비명을 질렀다.

무참한 광경이 연속이었다.

"이것은 대체…… 허어……."

이것은 신화의 후예라는 화염산 산인들도 놀라기는 마찬가지였다. 이와 같은 지옥도가 빠르게 펼쳐질 줄이야. 모든 이들의 눈동자가 한순간이나마 같은 곳으로 모였다.

"소명!"

"용문제자!"

그래, 그가 뭔가를 해낸 것이 분명했다.

"역시 대공자께서! 과연 비범하신 분이다!"

마도옥은 바로 반색했다. 그는 검을 거두고서 돌변하는 천색을 빤히 올려다보았다.

처음에는 흑운이 휘돌아서 소실봉 위를 한껏 뒤덮더니, 곧 광휘가 솟구쳐서는 일렁거리기를 반복하고 있었다.

뭔가 심상치 않은 전조임이 분명하겠다만. 그래도 소명이라면 그게 무엇이든 감당해낼 터이다.

이때에 여기에 있는 사람들은 출신 내력을 떠나서, 한목소리로 용문제자와 권야를 힘주어 외쳤다.

와중에 신룡대는 약간은 소심하게 천룡대공자 이름을 부

르기도 했다.

외치는 소리에는 기운이 다시 차올랐지만, 막상 당사자인 소명은 그렇게 속 편한 처지가 아니었다.

성마 광휘가 소림사 높이서 빛날 때에, 검백과 아함, 두 사람의 신인은 셋이나 되는 천하고수를 마저 제압할 수 있었다.

그것은 상당한 운이 따랐다.

연유까지는 알 수 없었지만, 셋을 조종하는 수법이 흐트러진 모양이었다. 손발이 흐트러진 틈을 놓칠 수야 없는 일이다. 다만, 제압하는 수법이 참으로 무식하여서, 신검기니, 신화력이니 따질 게 아니었다.

붙들고 냅다 후려치고는 바닥에 파묻어버리다시피 해놓았다.

그럴 수밖에 없었다. 최소가 무혈지체에 이른 절대고수들이니, 아무리 이지를 제압당했다고 한들, 그 경지가 무너진 것은 아니라서, 함부로 혈도, 기맥을 제압할 수가 없었다.

더한 힘으로 발목을 잡고, 어깨를 짓눌러서 후려쳐서는 정신을 잃게 하는 게 간신히 할 수 있는 방책이었다.

셋의 기운은 차고도 넘쳤지만, 그만큼이나 두 신인도 만만치 않은 기운을 발휘했다.

땅속으로 힘껏 짓눌러서는 목만 겨우 내놓은 꼴이다.

지친 숨을 다스릴 틈도 없이, 두 사람은 퍼뜩 고개를 치켜들었다.

"저것이 성마."

─아니, 아직은 아닐세. 하지만 거의 깨어나기는 하였군.

검백은 한층 어두운 눈으로 중얼거렸다. 일대를 은은하게 에워싸는 보광이 뚜렷한 경계를 만들었고, 안에는 성마의 천극마종지가, 밖에서는 수백의 마인들로 인해서 폭주하는 마공기력이.

참으로 난처할 수밖에 없는 상황이었다. 저것을 깨우는 데에 결국 신검기가 역할을 맡았으니.

기력은 남았지만, 신검기를 다시 발휘하기에는 시간이 필요했다. 한마디로 지금은 검백이 나서도 의미가 없었다.

아함은 눈살을 찌푸렸다.

"검백, 저것을 가만히 두었다가는 승산이 없어지겠습니다."

걱정이 그득하다. 그러나 자신 또한 신화를 크게 소모한 마당인 데다가, 저기 솟구치는 성마의 기운에 얼마나 힘을 발휘할 수 있을지, 장담할 수가 없었다.

저것은 뿌리부터가 다른 힘이다.

다만, 분명한 것은 저 광휘가 걷히고 나면 분명 성마라고 하는 신인이 깨어나는 것이니.

아함은 으득 이를 악물었다. 그는 고개를 돌렸다.

―산주, 무슨 생각을 하는가.

"저것을 막아야지 않겠습니까."

공력을 크게 소모했을 뿐만 아니라, 적지 않은 부상을 당했지만, 그럼에도 자신은 화염산주, 신화의 주인이다.

아함은 고운 얼굴을 잔뜩 찌푸린 채, 허공을 올려다보았다. 그가 선 곳에서 붉은 불꽃이 절로 맺혀서 타올랐다.

그러나 아함은 날아오르지 못했다. 화려하게 휘돌던 불꽃이 순간 흩어졌다.

저 아득한 곳에서 펼쳐지는 거대한 손이 있었다.

오로지 순수한 기운으로만 이루어진 장형이다. 그것은 하늘 위를 뒤덮은 마운을 가르면서 천천히 나타났다.

아함은 멍한 얼굴을 입만 벌린 채, 그 광경을 올려다보았다. 자신이 최대로 일으키는 신화시천염이라 하더라도 흉내 내지 못할 듯했다.

불문공력의 전설이라는 여래신장(如來神掌)인가.

아니다, 여래의 손이라고 하기에는 압도하는 바가 무엇보다 크다. 차라리 신장(神將)의 손이라 하는 것이 더욱 어울리겠다.

내력은 몰라도, 누구에게 비롯하였는지는 알 수 있었다.

아함은 퍼뜩 눈을 깜빡였다. 까마득한 높이, 그곳에 점처럼 있는 한 이가 있지 않은가. 그를 발견하고서 아함은 높이 외쳤다.

"가가!"

하늘이 내린 신장의 일수가 세상을 태울 듯이 솟구치는 광원을 감싸 쥐었다. 동시에 눈앞을 태울 듯하던 태양의 불빛이 확 사그라졌다.

거짓말처럼 일순의 고요가 숭산 일대에 내려앉았다.

'권야, 자네는 과연 마다치 않았군.'

저 변화를 바로 헤아린 사람은 검백 한 사람 정도였다. 그는 소명이 신기를 발휘했음을 깨달았다.

저 결과가 어찌 될지.

검백은 착잡함을 담아서, 아득한 광경을 바라보았다.

공전무용의 진력을 포기하고, 몸이 무너지는 것을 각오하여 펼친 한 수. 이름이랄 것도 없다. 인지하기도 전에 펼쳐낸 것이니.

그 여파에 자신 또한 휩쓸렸으니. 지금이다.

세상이 하얗게 탈색하였다.

아무도 없다.

천지간에 소명은 홀로 서 있다. 그는 두 손을 늘어뜨렸다. 전력을 다하였다는 말이 옳은가. 아니, 모를 일이다.

소명은 느리게 눈을 깜빡였다. 자신이 있는 곳은 하늘도, 땅도 아니고, 이승도, 저승도 아니어라.

인식을 초월한 공간이다.

소명은 문득 고개를 들었다.

하얀 세상 속에서 덩그러니 있는 자는 누구인가. 사람의 형태를 취하였지만, 사람이 아닌 것이 명백하여라. 소명은 그 형체를 보는 순간에 알았다.

저것이 성마이다. 아직 완전하게 깨어나지는 못했지만, 그럼에도 소명은 막대한 위압감을 선명하게 느낄 수가 있었다.

'이를 제압한 신검은 대관절 어느 정도 경지란 말인가.'

소명은 지금 마음으로는 전혀 헤아릴 수가 없었다. 이제 막 깨어난 성마와 달리, 당시 신검이 상대하였다는 성마는 그야말로 마도의 총화라 할 정도였을 터이다.

그 지고함은 꿈에라도 그려내지 못하겠다.

새삼 감탄하면서도, 소명은 성마를 똑바로 마주했다. 그리고 손을 뻗으면서 앞으로 다가갔다. 그러자 곤음수를 이룬 두 손이 삐걱거리고, 격렬한 통증이 소스라치게 밀려왔다.

소명은 그 모두를 바로 감내했다. 지금 나아가는 것은 수미산에 이르는 고난의 길과 같으니. 저기에 있는 성마야 말로 수미산이라 하겠다.

—너는 무엇이냐?

"필부 소명, 소림의 속가입니다."

소명은 머릿속으로 바로 파고드는 목소리에, 속삭임으로 답했다.

성마는 소명의 말을 바로 이해하지 못했다. 그는 고개를 한번 갸웃거렸다. 필부이고, 소림의 속가라. 그런 자가 감히 자신 앞에서 뻣뻣하다는 말인가.

검은 눈동자를 연신 깜빡거렸다.

소명은 성마의 어린 모습에서 눈을 떼지 않고, 더욱 무겁게 한 걸음을 밟았다. 두웅! 그때마다 땅이 울렸다. 들썩거리는 진동은 성마에게까지 닿았다.

성마는 눈살을 더욱 찌푸렸다.

—꿇어라. 너는 왜 내 앞에 꿇지 않는 거냐?

성마가 거듭 말했다. 마치 아이가 칭얼대듯이. 그러나 소명은 무릎 꿇기는커녕, 더욱 힘주어 걸었다. 그러자 걸음이 점점 수월해지기 시작했다.

성마는 이제 바로 앞까지 다가온 소명을 이상한 눈으로 보았다. 그는 소명을 이해하지 못했다.

―넌 어찌 꿇지 않는 거냐?

"성마여, 그만 잠드시오. 지금은 그대의 시대가 아니오."

―내게 감히 시대를 말하느냐?

"신인 또한 피할 수 없는 것이 세월이니. 당신은 불변이고, 불사이고 불멸이라 할지라도, 세상은 그렇지 아니하오."

성마는 잠깐 입을 다물었다. 몇 번 눈을 깜빡이다가, 곧 고개를 비틀었다. 입가에 조소가 맺혔다.

"그래, 그건 네 말이 옳다. 너희는 너무 빨리 변해. 너무 빨리 변하지."

성마는 불현듯 심어가 아닌, 목소리를 내었다. 그러더니 홱 손을 흔들었다. 일대를 가득 메울 것처럼 솟구치던 기운이 거짓말처럼 사라졌다.

소명을 짓누르는 일만 근의 무게도 거짓말처럼 사라졌다. 아울러 공간을 가득 메운 우윳빛의 세상 또한 흩어지니, 소명과 성마는 허공을 밟고서 우두커니 마주하고 있었다.

아래에는 죄 무너지고 흩어진 소림사와 소실봉 전경이 펼쳐졌다.

"저기 산주 또한 세상에 나왔구나."

"그것은 아무래도 성마의 도움 덕분인 듯하오만."

"그런가?"

성마는 별말은 않았다. 그는 이미 나중을 생각하는 듯했다.

소명은 다잡은 두 주먹을 편히 늘어뜨렸다.

"성마시여, 다시 잠드소서."

"잠? 이제 잠은 지겹다."

"그럼 어찌하시겠소."

"너 재주를 보아하니. 너라면 할 수 있을 듯하구나."

"성마시여?"

"이것을 받아내거라. 그럼 네가 이기고, 나는 네 뜻대로 사라질 수도 있을 것이다. 못하면…… 뭐, 굳이 말할 것도 없겠지. 너희 세상을 나에게 맞추는 수밖에."

무엇을 말하는가. 성마는 한 손을 들어 올렸다. 정말 다만 그뿐이었다.

그것을 보고서, 소명은 가슴을 다잡았다. 하나의 작은 구슬이다. 아이의 손바닥 위에 선 그 하나. 그러나 소명의 얼굴은 창백하게 질렸다.

보는 것만으로도 위험을 알 수가 있었다.

"보정(寶精)."

"그래, 잘 아는구나. 이것을 그대로 깨트리면 그냥 마기가 흩어지는 것으로는 끝나지 않을 게다. 알고 있겠지?"

그래, 안다. 알고 있다.

그렇기에 저것을 소림사 깊은 곳에 감추었고, 검백은 혹여나 저것이 깨어날까 두려워서 근 한평생을 은거하다시피 하지 않았던가.

다른 이유로 성마가 깨어나면 상대할 수 있는 수단은 신검기가 유일하였기 때문이다.

적어도 지금까지는.

소명은 입술을 질끈 깨물었다.

"어떠냐? 하겠느냐?"

성마는 고개를 갸웃거렸다.

그의 모습에 마도의 시작, 마도의 종주로는 전혀 보이지 않았다. 천진하다고까지 할 얼굴이었다.

소명은 아이의 조막만 한 손에 들린 검은 구슬, 보정을 보고, 다시 아이의 얼굴을 한 성마를 다시 흘깃 보았다.

성마는 채근하는 것도 아니고, 의심하는 것도 아니며, 다만 솔직한 얼굴을 하고 있었다.

성마라는 존재는 본래에 시공간을 무시하는 존재로, 그 속에는 남녀노소를 가리지 않는 일체의 성질이 있다고 들었다.

적어도 지금 마주하고 있는 것은 성마의 어린 모습일 터였다.

소명은 불현듯 내민 아이의 손 위로 손을 올렸다.

"아미……타불."

그저 한차례 읊는 것은 불호 소리. 그리고 소명은 기어코 보정을 손에 쥐고, 합장했다. 이것이 가장 피해를 줄이는 길이다. 그것만은 한참 분명했다.

성마는 훌쩍 한 걸음 뒤로 물러섰다.

방장은 힘든 몸을 끌고 밖으로 나섰다. 불장에 기대어서 겨우, 겨우 걸음을 디뎠다.

일대의 막강한 정적, 그래도 싸우는 자는 힘내어 싸우고 있다. 그런 이들 모습이 저 멀리에 가득하여라.

나선 방장은 이내 두 손을 가슴 앞에 모았다. 근기를 완전히 다하여서, 무상의 능력을 단 일 푼도 발할 수가 없으니.

참으로 안타까워라. 그러나 이 또한 미련일지니.

어렵게 반파되다시피 한 소림사 외원으로 나서서, 방장은 고개를 들었다. 하늘 높이 백열하는 광원이 타오르고 있다. 그곳에서 성마가 깨어나려 하고, 그것을 억누르고자 소명이 들었다.

비록 공력 태반을 잃었다고 하지만, 방장은 그 전후를 헤아리고도 남았다.

성마는 본래에 태초와 함께한 신인이니. 그 영육은 불멸이라.

과거 신검이 성마를 상대하여서, 육신은 멸하였지만, 영육은 봉인할 수밖에 없었던 이유였다.

저곳은 세상 밖에 세상이고, 세상 속 세상이다.

저곳에서 시간은 영원이고, 영원하지 않다. 유한한 공간이지만, 그 끝이 없어 무한하다.

세존께서 답하지 아니하셨다는 십사무기(十四無記)또는 십사난(十四難)을 구현해냈다고도 할 수 있었다.

범인은 차마 들지도 못하는 경계였다.

경계를 넘어간 이상, 소명 또한 아득함 속에 휩쓸릴 수밖에 없을 터이니. 이겨내는 방책이란 자신을 지키고, 깨달음으로 나아가는 길밖에 없을 터이다.

방장은 곧 어렵게 자리에 앉았다. 가부좌를 취하면서 가슴 앞에 두 손을 모아 합장했다.

이때에 소명에게 도움을 줄 수 있는 바는 오로지 이뿐이니. 그는 낮게 불경을 읊조렸다.

"……息機歸寂然, 諸幻成無性. 六根亦如是, 元依一精明."

그저 일심으로 읊으니. 소리가 들리지는 않더라도, 진의는 닿기를 바랄 따름이다.

"마땅히 깨우쳐야 할 것일세. 아미타불……."

성마의 보정, 곧 마도의 정수를 붙잡은 순간, 소명은 망망한 어둠 속에 홀로 서 있는 자신을 깨달았다.

채 몸을 이루지 못한 성마를 마주하였던 별세계와는 또 달랐다. 이곳은 어디인가. 불현듯 떨리는 목소리가 바로 귀를 파고들었다.

"소명, 소명아. 아이고, 우리 아들."

울음이 가득 실려 있었다. 울음 섞인 목소리는 그 하나가 아니었다.

"아들. 아들."

소명은 합장한 자신만을 두고 있을 뿐, 목소리에 귀를 세우지 않았다. 그것이 자신이 할 수 있는 유일한 것이다. 여기는 그런 공간이다.

'이도공간.'

암흑의 진창이라고 하지만, 이것은 결국 자신이 본래에 품고 있는 어둠일 것이다. 그것만은 분명하다.

"아들아, 소명, 왜 나를 두고 갔느냐. 소명아. 우리 아들, 왜 나를……."

"소명, 이놈아! 뭘 하고 있는 거야! 무형결은, 권결을!"

"아들, 아들."

부친 대웅이 그를 찾으면서 원망한다.

스승 장우상은 자신의 무공을 어찌 알리지 않느냐고 다그친다.

그리고 모친께서는 그저 자신을 찾아 부르기만 한다. 당장에라도 눈을 뜨고 찾는 모친을 마주하고도 싶으려나, 소명은 그저 흘려버렸다.

일만의 목소리가 있어서, 두서없이 떠들기 시작했다. 그 내용은 하나같았다. 자신을 원망하고, 다그치며, 자신을 하염없이 찾는다.

그러나 소명은 흘러가게 두었다.

원망하는 자는 원망하게 두어라.

다그치는 자는 다그치게 두어라.

찾는 자는…… 그저 찾도록 두어라.

소명은 움직이지 않았다. 반응하지 않았다. 마음의 빈틈은 자신이 알 수 있는 것이 아니다.

"이 지독한 놈! 내가 너를 그리 키웠더냐!"

급기야 욕설이 터지기도 한다. 누구의 목소리인가, 보이지도 않으며, 분간하지도 못한다.

마라를 마주한 세존의 심마가 이러하였을까.

모를 일이다. 끝도 없이 밀려드는 무수한 원망과 슬픔을 그대로 맞받으면서, 소명은 다만 자신을 지켰다.

그에게 지금 가능한 것은 단 하나뿐이었다.

누구에게 의지하지 않고, 신불(神佛)을 찾을 것도 없이, 오직 자신의 마음을 다잡는 것이다. 시간을 모르겠다. 시간을 감히 헤아릴 수도 없었다.

지금 소명은 스스로 갇힌 셈이었다. 보정만이 남아 오래
도록 잠들었던 성마가 이러했을까.

소명은 아득해지는 가운데, 불현듯 고개를 치켜들었다.

귀를 때리는 울부짖음과 달리, 흐린 읊조림이 돌연 자
신을 일깨웠다. 미간을 때리는 듯한 읊조림은 과연 누구의
것인가.

이내, 소명은 한참 아득함 속에 휘감기는 자신을 깨달을
수 있었다.

잃을 뻔한 자신을 다시 찾았다.

"......."

—이제 보이느냐.

소명은 합장한 손을 천천히 벌렸다. 이어서 주먹을 쥐었
다. 그리고 말했다.

"예. 제자. 이제 보입니다."

—그럼, 깨우쳤다.

눈을 감았으되, 그는 보고 있다. 저것이 존재의 불꽃이
구나. 번뇌함은 곧 생사의 순간에서 일어나는 것이니. 저
것은 쫓아내고자 하여 쫓아낼 것이 아니고, 받아내고자 하
여 받아낼 수 있는 것이 아니라.

소명은 움직였다. 몸이 아니라, 영육이 움직인다.

영육으로 소명은 서서히 권로를 밟았다. 상대가 없고, 내가 없다. 지금 밟아가는 것은 본래의 권법. 천하만인, 무인이건 아니건, 모두가 저것을 알고 있다.

금강권.

소림사의 입문 무공. 또한, 소명에게는 시작이기도 하다.

바르게 서니, 고신정립.

밟아서 곧게 뻗으니, 정법권운.

나아가 뽑아내니, 요이일추.

법의 수레바퀴는 구애받을 것이 없어라, 법륜무애.

금강의 추는 무거워라. 금강포추.

그 모든 것은 금강의 마음이다. 금강여일.

소명은 금강권 십팔식을 거푸 펼쳤다. 그 속에서는 소림오권이 있고, 나한십팔수가 있다. 끝도 없이, 끝도 없이.

이 모두는 외부에서 비롯하였으나, 결국 자신 안에 있는 번뇌이다.

번뇌가 제근(諸根)을 자극하고, 제근이 흔들리니 깨달음의 빛도 저 멀리 멀어진다.

수견제근동(雖見諸根動), 요이일기추(要以一機抽)

비록 모든 근원이 보일지라도, 요컨대 단번에 뽑아버릴지어다

"흐아아압!"

소명은 번쩍 두 눈을 치떴다.

참으로 먼 길을 돌아서 닿았다. 그는 합장한 손을 높이 치켜들었다가, 그대로 휘둘러 떨쳤다.

쩌릉! 쩌르르르릉!

합장 사이에 뇌운벽력(雷雲霹靂)이 맺혀 있었던가.

소명이 두 손을 떨쳐내니, 어마 무시한 벽력성이 사방으로 퍼져 나아갔다. 위아래를 가리지 않는다. 소명을 에워싼 일체의 어둠을 찢고, 갈랐다.

종심에서 소명은 두 손을 좌우로 떨쳐낸 모습 그대로, 고요했다.

내부에서는 이름 모를 신기가 격렬한 정력을 발휘하고, 육신으로는 수미금강권의 굳건한 공력으로 버티어냈다.

심중에 올곧게 세운 것은 능엄의 지극한 가르침일지니.

소명은 뻗어낸 손을 차차로 거두어서 가슴 앞에 두 손을 마주 모았다.

미약하지만, 소명은 서광을 품고 우두커니 서 있었다. 영육, 곧 자신의 내부에서 갇혀 있다시피 한 소명이었다. 그는 성마 보정을 이겨내고서, 다시금 현세로 돌아왔다.

바깥의 시간은 모르겠다. 다만, 소명은 찰나에 억년의 세월을 흘려보낸 것처럼 아득할 따름이었다.

성마는 고개를 들었다.

이제 형체를 유지하는 것도 힘들다. 본래에 없는 육신을 무수한 수양과 희생, 그리고 공덕으로 이루어낸 육신이다. 그러나 그것만으로는 자신을 담을 수가 없는 일이었다.

격이 전혀 다르니.

수하의 희생을 모르는 바는 아니나. 안타까운 일은 안타까운 대로 둘 수밖에. 아마도 흔적 속에서 자신을 일깨우는 것만으로도 막대한 세월과 공력을 소모했겠지.

"참으로 부질없는 짓을……."

성마는 씁쓸하게 중얼거렸다. 문득 고개를 높이 들었다.

창천의 하늘, 아함이 일으켜서 불태워버린 마기가 씻은 듯 사라진 덕분일까, 새삼 내리는 창천의 새파란 하늘을 한가득 눈에 담았다.

"나의 때가 지났음을 나라고 모르겠느냐. 더는 나를 따르는 자가 없다. 내 힘 앞에서 그저 경배하고, 숭앙할 뿐이지. 그것은 깨어나는 순간부터 알았다."

성마는 자조적으로 말했다.

이지가 돌아오는 데에 약간의 시간이 필요했지만, 심연 속에서 깨어난 성마는 자신이 전혀 다른 시기에 있다는 것을 바로 알 수 있었다.

신검과의 일전은 한참 예전의 일이라.

그가 뜻하였던 세대는 한참 전에 흘러가 버렸으니. 지금 무슨 삿된 뜻을 품겠는가. 오히려 남은 이들에게 헛된 망상만 안겨줄 따름이라.

손을 들자, 가는 손가락이 흩어졌다가 다시 모이기를 반복하고 있었다.

보정을 억지로 뽑아냈을 때부터 예견된 일이기는 하지만, 막상 맞이하게 되니. 성마는 새삼 복잡한 심경이었다.

"신인의 시대는 이제 진정으로 끝이구나. 내가 귀원(歸元)하는 것을 시작으로, 이제 신기라고 할 수 있는 것 또한 차차로 근원으로 돌아가게 되겠지."

"성마여."

"산주인가."

"그렇다."

고개를 돌리자, 아함이 흩어지는 그의 앞에 섰다. 온전히 대를 이어서, 완성된 화염산 신인의 모습이었다. 검은 머리카락 아래로 불길의 자락이 담담하게 흩날리고 있었다.

성마는 아함을 잠시 훑고서 흐린 미소를 지었다.

"그대는 복이 많군. 믿고 따르는 사람이 한참 많아. 그런 이들이 있어야, 신화도 이루어지는 것이지."

"……."

"그러나 산주여, 신성은 잊어라. 그것을 고집하다가는 너와 네 후대에 두고두고 저주가 될 뿐이다."

"음."

성마는 덕담처럼 한마디를 남겼다. 그것은 비슷한 시기 동안 존재한 신인에 대한 예의이기도 했다. 아함은 느릿하게 고개를 끄덕였다.

"아아, 그렇구나. 너는 인성을 잃지 않았구나. 그것이 참된 길이라고 할 수 있겠지."

그는 곧 눈을 감았다.

거칠게 요동치는 검은 바람이 그의 형체를 휩쓸었다.

아함은 자리를 지킨 채, 그 모습이 한참이고 지켜보았다.

바람이 사라진 자리에서, 소명은 두 손을 가슴 앞에 모은 채, 고개 숙이고 있었다. 지그시 입술을 깨물고, 두 눈을 꼭 감았다.

그런 소명의 얼굴에는 굵은 눈물방울이 맺혀서, 길게 떨어졌다.

"상공."

"성마는 갔느냐?"

"예, 신인의 시대는 이제 끝났다고 하더군요."

"그래, 그런가."

성마는 처음부터 세상으로 나설 마음이 없었다. 그저 오래도록 갇혀 있던 그 세월을 끝내고 싶었던 것일 뿐일지도 몰랐다.

그와 세월을 같이 했던 이들은 모두 세상에 없으니.

좌현사가 남았다고 하지만, 그 또한 어디 성마의 세월에 감히 비할 수가 있겠나. 고작해야, 백 년이고, 이백여 년에 불과하였던 것을.

소명은 몸을 돌렸다.

오늘의 이 소란으로 천년 고찰, 소림사의 절반이 무너졌다.

소실봉 한 귀퉁이는 아예 흔적조차 없이 소멸하다시피 했다. 무수한 인명이 스러졌다. 그럼에도 불구하고 흩어진 파편 속에서 사람들은 엉거주춤한 모습으로 일어났다.

하늘을 태울 듯하던 불길이며, 억누르는 마도의 위압감이 이제야 흩어졌으니. 드러난 창천의 하늘은 밝고 밝아라.

소명은 턱을 타고 흐르는 눈물을 훔쳐냈다.

천하의 대적, 세상을 뒤흔드는 거대한 천재. 여러 가지가 있으려나, 수천 년 세월 동안 전해온 일대의 신인이 사라졌다.

스스로 택한 바도 있으려나, 소명은 그 아득함에 한 방울의 눈물을 흘렸다.

"상공."

"너는 이리 가지 말거라."

"피이."

아함은 입술 한번 삐죽였다. 그러고는 냉큼 소명 옆에 달라붙었다.

"이제야 나 소중한 것을 알겠지요?"

"하, 하하. 그래. 그래. 소중하구나. 다 소중하지. 다."

소명은 쓴웃음을 흘렸다. 고요함 속에서 그는 한껏 탈색한 채, 아함에게 몸을 기대었다.

그야말로 정신력, 진원, 정력, 모조리 쏟아냈다.

눈앞이 아득해지면서 소명은 눈꺼풀이 한없이 무거워졌다. 그는 더 버티지 못했다. 휘청하는 그 몸은 깃털처럼 가벼웠다.

아함은 쓰러질 듯한 그를 꼭 붙들었다. 그리고 차마 돌아보지는 못하고 입술을 꽉 깨물었다.

화염산의 주인이고, 신화시대의 신염을 이어받은 신인이라고 하지만, 그는 또한 깊은 연정을 품은 여인이기도 하다.

소명의 숨소리가 차차로 잦아들수록, 아함 역시 몸이 잘게 떨려왔다. 그때, 저기서 위지백, 호충인, 탁연수, 등등이 급히 달려왔다.

"소명! 살아 있냐!"

"소명아! 이 망할 놈아!"

"야, 임마!"

들떠서 고래고래 소리를 내지른다. 그 소란에 한껏 내려앉은 고요가 무참하다 싶을 정도로 깨져나갔다. 그러자 푹, 무거운 한숨이 튀어나왔다.

소명이다.

그는 오만상을 쓰면서 지친 고개를 다시 세웠다.

"아, 저것들. 시끄러 죽겠네. 뭐, 쉬는 꼴을 못 봐……."

혀 차는 소리에는 짜증이 아주 솔직했다. 소명만 그런 것이 아니었다. 아함도 고운 얼굴을 확 구겼다.

고요 속에서 한참 오붓하게 붙어 있건만, 감히 이때를 훼방 놓다니.

"에잇, 정말!"

그런 줄도 모르고, 가장 앞서 달려오는 위지백은 마냥 해맑았다.

"으하하하! 흐엑!"

해맑은 웃음 끝에 기겁한 소리가 터졌다. 아함이 더 참지 못한 탓이다. 화륵! 한 줄기의 붉은 불길이 위지백의 머리를 스치듯 하고서 하늘 높이 날아올라 흩어졌다.

아함은 손을 뻗은 채, 씩씩 숨을 몰아쉬었다.

"아이고야. 산주, 사람 죽일 셈이요?"

"그냥 죽어, 이 인간아!"

재차 불길이 날아오른다. 흐에엑! 히에엑! 이번에는 위지백만이 아니었다. 뒤따라 오던 자들이 기겁해서 사방으로 흩어졌다.

아함을 말릴 사람은 소명뿐이겠다만, 소명도 이번에는 그냥 손을 놓고서, 그저 헛웃음만 지었다.

검백은 한층 지친 얼굴로 각자 무너진 법당의 돌쩌귀에 걸터앉았다. 그러다가 문득 지친 고개를 들었다.

방장이 야윈 몸을 이끌고 가까이 왔다.

"아미타불. 노선배."

─다행이군. 자네 명이 다하기 전에 일을 마무리하였어.

"하하하. 고생하셨습니다."

─자네 또한.

사마종은 흐리게 미소를 지었다. 그러자 방장은 마른 웃음을 흘렸다. 그는 천천히 자리에 앉았다. 여기저기서 이겨냈다는 것에, 그리고 살았다는 것에 들뜬 소리가 한참 요란하게 터졌다.

시끄러운 일이지만, 반가운 소리이기도 했다.

방장도, 검백도 말이 없었다.

비록 소림사가 크게 훼손되었고, 적지 않은 제자를 잃었지만, 그래도 소림사의 정신은 지켜냈다.

사마종 또한 신검기 일부가 크게 흩어지기도 하지 않았던가.

그럼에도, 방장과 사마종은 이제야 밝아진 창천을 가만히 올려다보았다.

─신검일맥의 숙원이 오늘에야 끝이 났구나.

사마종은 한층 안도한 모습으로 중얼거렸다.

소림사는 이제야말로 외원, 내원할 것 없이 초토화된 모습이었다. 우습게도 그 대부분은 정작 마기의 폭주 때문이라니.

소실봉의 한쪽이 무너졌고, 앞마당은 거대한 산사태가 쓸려와서는 온통 흙무더기 꼴이 되었으니. 그 아래에는 무수한 마인이 묻혀 있을 터였다.

그럼에도 소림사는 다시 일어날 것이다.

세세년년(世世年年)을 이어오는 소림의 정신은 방장의 말마따나, 사람에게서 이어지는 것이니.

불현듯 사마종은 눈매를 모았다.

'흠, 그러고 보니 이 사람 또한 후대를 생각해야⋯⋯.'

신검기는 후대에 전하지 않을 것이고, 전할 수도 없겠지만, 그렇다고 신검일맥의 공부마저 맥이 단절되게 할 수는 없는 일이다.

저기 정신 놓은 노장시도 듣기로 훌륭한 제자를 여럿 거
두었다지 않았던가. 사마종은 사뭇 진지했다.

—흠…….

문득 종소리가 울렸다.

데에엥…….

데에엥…….

구석에 그래도 멀쩡하게 버티어낸 종루에서 종을 울리는
소리였다.

소림사를 크게 무너뜨리고, 심지어 소실봉 한 축을 내려
앉힌 일대의 격전이 끝났다. 그날은 아마도 마도 최후의
날이라고 기억하게 될 것이다.

마도의 구름을 갈라서, 걷어낸 날이다.

비록 일대는 초토화되었다고 하지만, 맑게 갠 하늘 아래
에서 소림사의 범종 소리가 은은하게 울렸다. 장중한 울림
이었지만, 어쩐지 슬픔과 흐느낌이 실린 듯했다.

데에엥…….

데에엥…….

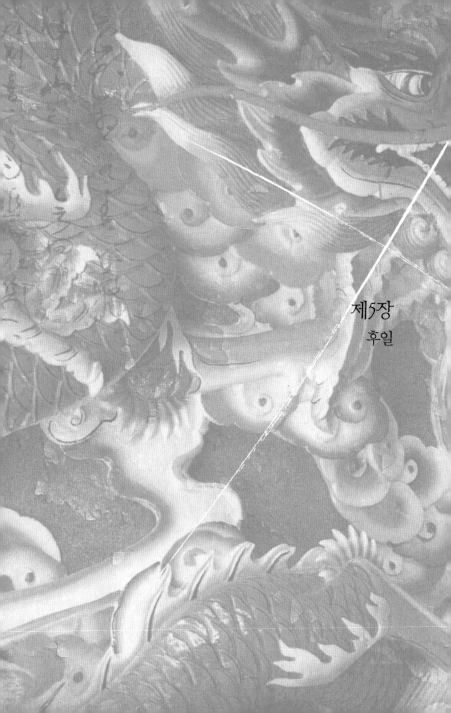

제5장
후일

마운벽일(魔雲辟日).

숭산 소실봉을 온통 뒤덮었던 마운을 걷어낸 날이라 하여서, 그리 불렀다.

하늘에 닿을 듯 솟구친 성마의 광휘는 하늘에서 내리는 신장의 일수에 뒤덮여 사그라졌으니.

그것은 곧 마도 일체의 일소를 뜻하는 바이기도 했다.

큰 뜻을 품었든, 사사로운 욕심이었든. 천산을 비롯한 천하 각지에서 마맥을 이었다고 하는 자들, 마도의 안배로 숨어 있던 이매망량 모두가 나섰고, 소림사에서 패퇴하였다.

뿐이랴, 하북, 산서, 강남. 그리고 곳곳에서 뜻있는 무림인 모두가 모여서 숭산 일대를 막아냈으니.

소림사에서 묻힌 이들 못지않은 마교인이 죽어나갔다.

이어, 천하를 경영한다는 천룡이 직접 세가의 정예를 이끌고 등장하면서, 마도의 태반이 그 자리에서 불귀의 몸이 되었다.

극히 몇만이 간신히 살아서 흩어졌다. 성마교의 체계를 다시 갖추기에는 턱도 없는 수준에 불과하였다. 뭐라 하여도 가깝게는 수년, 멀게는 백여 년을 바라보고 펼쳐둔 마도의 안배마저도 그 자리에서 박살 난 까닭이었다.

일을 도모한 좌현사에게 나중이란 아무런 의미도 없었으니.

그래도, 살아남은 자들, 그리고 천산 비처에서 내려온 종가 일부는 그대로 돌아가기보다는 사람 없는 감숙, 청해 지방으로 숨어들기는 하였다.

그들까지 쫓을 여력은 무림에는 없었다.

당장 소림사가 그러하듯이, 다른 구파와 더불어 무림을 지탱하던 무가련 곳곳도 큰 혼란에 휩싸인 탓이었다.

강호의 여러 무부가 남아서 기운을 떨친다고 하지만, 감숙, 청해로 쫓는 것은 또 다른 부류의 일이다.

그런 고로.

성마교는 흩어졌지만, 마도의 명맥마저 끊어진 것은 아니라는 뜻이겠다. 그래도 백여 년, 아니 수백 년은 조용할 것이 분명했다.

소림사에서는 방장께서 입적(入寂)하고 말았다.

제자를 지키고자 스스로 공력을 잃는 것을 감수하면서 산사를 지켜낸 방장이었다. 마운벽일 이후, 보름을 넘기지 못했다.

그리고 마도 술수에 크게 당한 삼대 고수.

월부대도, 철판관, 증장천왕.

세 사람은 한참 만에야 겨우 정신을 회복할 수 있었다. 하지만 진원이 크게 상하여서 오랜 요양에 들 수밖에 없었다.

검백이 그들과 함께 소림사에 남았다.

무가련 또한 크고 작은 일이 벌어지는 통에 그 자리가 많이 뒤바뀌기도 하였을 뿐만 아니라, 실상 무가련이라는 체계가 유명무실하게 되기도 하였다.

천하를 크게 뒤흔든 마도. 그것에 대해서 속수무책에 가까울 정도로 큰 상처를 입었기 때문이었다. 단순히 몇이 당하였느냐, 어디를 잃었느냐의 문제가 아니었다.

대부분이 내부의 문제였다.

결국, 외부로 세를 키우는 데에 집중하였다가 내부에 큰 병을 키운 셈이다.

훌륭하게 수습한 남궁세가를 제외하고 다른 가문은 화를 면치 못했다.

주축이라 할 수 있는 다섯 가문이 그런 상황이라. 따르는 중소 무가 또한 봉문까지는 아니더라도 내실을 기한다고 문을 닫는 곳이 속출하였으니.

무가련이 그렇게 위축되었다고 하지만, 그래도 강호는 족히 십여 년은 조용할 듯했다.

오래도록 침묵하던 천룡세가가 무가련을 대신해 나서면서 일체의 소란이 없었고, 소림사를 비롯한 소림파는 등용문의 선두 앞에 전에 없는 위용을 드러냈다.

또한, 북방에서는 산서 강시당이 신비를 거두고 세상에 나섰고, 사천의 당가는 사천의 변란을 솔선하여 수습하면서, 무림중의 명성을 뛰어넘었다.

하북에서는 정주 담가가 그 명성을 높였다.

세로는 아직 하북 맹주, 팽가에 미치지는 못하나. 하북 무림의 명사, 담일선이 하북 무림을 이끌어서 마교 한 축을 무너뜨리지 않았는가.

대의, 협행, 명성으로 정주 담가는 감히 팽가와 어깨를 나란히 했다고 할 수 있었다.

남궁세가에서는 젊은 검왕이 세상에 나왔다고 명성을 알렸다.

과거 관중검, 그러나 이제는 남천소검왕(南天少劍王)이라 하는 남궁유였다. 그는 진정 소수 정예를 이끌어서 강남무림을 욕보인 마교인을 모조리 전멸시켰으니.

작게는 가문의 명성을 지킨 셈이고, 보다 크게는 강남 무림의 자존심을 세웠다고 할 수 있었다.

그뿐이랴, 그 뒤에는 검백 이후로 당세제일인으로 손꼽는 권야, 곧 소림사의 용문제자가 있는 까닭이었다. 이제는 그를 칭하는 다른 이름이 있는 바인데.

마운벽일, 그 지독한 날로부터 날이 얼마나 지났을까.

소명은 잠시 날짜를 헤아렸다. 햇수로는 삼 년 정도였다. 그 세월이 새삼스럽다.

참 여러 일이 있었다.

소림사에서는 몸을 추스른 법능이 그간 비어 있던 방장 자리에 올랐다.

공력을 크게 소실하였다지만, 소림사 방장이 어디 무공으로 정하는 자리이던가.

오히려 불성은 한층 깊어졌으니.

마운벽일로 큰 피해를 보았던 천산파 또한 이번에 상처를 털어내고서, 중원으로 비무행을 나선다고 한다.

서장 백금장에서는 중원에서 들인 제자 하나가 다음 서

장제일도랍시고 명성을 알린다고 하고.

둘이 같이 움직이는 데, 서천쌍기(西天雙麒)라고 한다나.

천룡세가에서도 소천룡을 하나로 정했다고 하는데, 소명은 굳이 관심 두지 않았다.

예의상 묻기만 물어도 냉큼 들러붙을 게 하도 뻔한 탓이었다.

천룡대야도 그렇지만 마운벽일, 그날에 신룡대주를 비롯한 신룡대 전원이 얼마나 들러붙었는지. 세월 지난 지금 생각해도 진땀 빼는 일이었다.

끝끝내 대공자 운운하면서 떨어지지 않다가, 아함이 내리는 불벼락에 보기 좋게 그을리기까지 했다.

참 어지간한 자들이다.

"그놈의 대공자."

이제는 그만할 때도 되지 않았나.

소천룡도 한 사람으로 정해졌다고 하는 판국인데.

소명은 고개를 흔들었다. 당장 상화촌 안에는 없었지만, 일대에 신룡대 무리가 곳곳에 흩어져 있었다. 딴에는 기척을 감추고 있다지만, 어찌 모르겠나.

보필인지, 감시인지 모를 일이다.

소명은 그래도 상화촌까지는 들지 않는다는 것으로 더는 말하지 않았다.

그러다가 소명은 에효, 한숨을 탁하고 밀어냈다.

　상화촌, 그 한적한 마을 주변이 어째서인지 왁자하고 시끄러워지고 있기 때문이었다. 그리고 그런 소란을 만든 당사자가 바로 옆에 있었다.

　소명은 이내 이를 드러내면서 홱 고개를 돌렸다.

　흘겨보는 눈초리가 사납다.

　"아니, 왜? 뭐? 뭐? 내가 뭐!"

　탁연수, 그는 당당했다. 보란 듯이 가슴을 활짝 펴고서, 턱 끝을 뾰족하게 세웠다. 그래도 상황과 상대는 봐가면서 당당해야 할 일이다.

　"그걸 몰라서 물어? 알게 해줘?"

　이를 악물고, 치켜든 손을 천천히 그러쥐었다. 주먹을 쥐는 순간, 우드드득, 울리는 소리가 하이고 험악도 하여라.

　저것이 어떤 주먹이던가. 저 주먹에는 아무리 강시당의 절기를 모조리 완성한 자신이라도 몸 성하기는 글렀다.

　탁연수는 당장 수그러들었다.

　"하하, 친구. 진정하게. 나도 설마 이렇게까지 몰려올 줄은 몰랐지 뭐야, 하하하."

　"그래, 웃음이 나온다는 말이지. 너."

　"뭐 어쩌냐. 소문은 났고. 혼자 막는다고 될 일도 아닌데."

"누가 막으라 하디! 부채질은 말아야 할 것 아니냐. 이 인간아!"

"아하하하."

정말 거기까지 알았구나.

상화촌에 소명이 있다는 것은 어떻게 보면 탁연수의 입방정 때문이다.

저 녀석이 떠든 게 아니었으면, 애초에 일이 이렇게까지 크게 벌어질 리도 없었기 때문이다. 이것이 무림중의 일만이라면 소명이 이렇게까지 울컥할 일도 없었다.

직접 나서서 물러나라 하면 될 일이니까. 문제는 다른 데에 있었다.

항마신장(降魔神將).

"거 이름 한번……."

소명은 혀를 찼다.

참으로 거창한 이름이다. 그 유래를 따지자면 역시나 마운벽일 때였다.

성마 보정이 드높이 솟구치면서 하늘을 불태울 듯이 이글거렸다. 그때에 천하 무림인들이 홀연 나타나 성마를 제압한 거대한 손을 목도하지 않았던가.

이를 두고 불문공부의 전설이라는 여래신장이라고 하는 사람도 있었고, 소림 무공의 최고봉인 무상대능력이라고 하는 사람도 있었다.

별별 이름도 다 튀어나왔다. 대승반야선공이니, 달마역근공이라느니, 등등.

펼친 무공 이름이야 어떻든, 그 신위를 누가 드러냈는지는 세상이 다 아는 바이다.

이제는 그를 두고서 권야라는 무명을 말하는 사람은 없었다.

마를 굴복시킨 신장의 위엄, 항마신장이라 한다.

천하가 그리 말하지만, 소명은 딱히 달갑지 않았다. 아무리 신인의 경지에 이르렀다고는 하지만, 소명은 사람이다.

신장 운운하는 소리는 그저 부담스러울 뿐이었다.

그런데 어디의 누구 덕분인지, 하늘이 내린 신장이 있다는 소문이 싹 퍼지지 않았는가.

무림에서만이 아니었다.

그를 직접 찾아서 참배하겠답시고 민초, 백성들이 몰려오니, 그게 더 문제였다.

소명은 다시 생각하니 열불이 솟는다. 번쩍하고 불똥이 튀는 눈초리로 탁연수를 흘겨보았다.

"내가 말을 말아야지, 말을."

소명은 결국 고개를 흔들었다. 그제야 탁연수는 어색하게라도 다시 웃었다. 히히, 저 웃는 낯은 여전했다. 문득 소명의 눈길이 높이 올라갔다.

"응, 왜 그러냐?"

가만히 모은 눈매, 그에 맺힌 안광이 심상치 않다.

탁연수는 본능적으로 뭔가 있음을 알고서 황급히 고개를 돌렸다.

소명이 보는 방향을 따라서 살폈지만, 딱히 보이는 것은 없었다. 한껏 공력을 집중도 해봤지만, 그저 하얀 구름 흐르는 창천의 하늘일 뿐이었다.

탁연수가 소명에 비하면 손색이 있다고 하겠지만, 그래도 강시당의 당대 당주가 이 사람이다. 앉은 자리에서 능히 수십 리에 이르는 기척을 파악하고도 남는다.

그래도 이상한 점이 딱히 없는 상황이라서, 탁연수는 이맛살을 찌푸린 채, 눈매에 날이 선 소명에게 넌지시 물었다.

"뭐야? 뭐가 있어?"

"하늘."

"응?"

"하늘에서 오고 있다. 하이고, 요란 부리기는 저 녀석도 못지 않구만."

소명은 곧 눈가에서 힘을 뺐다. 자연스럽게 떠오르는 것은 쓴웃음이다. 그는 설레설레 고개를 내저었다.

"아니, 뭔 뚱딴지같은 소리를?"

탁연수는 말하다 말고 홱 고개를 치켜들었다. 소명이 하는 말을 이제야 알았다.

저 먼 곳이 아니었다.

저 높은 곳이었다.

"으어, 으어어!"

탁연수는 저도 모르게 놀란 소리를 내고 말았다. 높은 하늘에 뭔가 일렁이더니, 불덩이 하나가 뚝 떨어지고 있었다.

불덩이는 소명과 탁연수가 앉아 있는 상화촌의 외딴 초막으로 수직으로 떨어지는데, 이대로면 일대가 내려앉을 모양이다.

그만큼이나 무시무시한 기세였고, 한참 아래에서 보고 있건만, 벌써 열기가 확 느껴질 참이었다.

괴변이라 할 일이지만, 탁연수는 이내 놀란 얼굴을 다잡았다. 그냥 한숨을 푹 내뱉었다. 그러고는 소명에게 넌지시 물었다.

"저거 괜찮은 거냐? 이대로 떨어지게 두어도?"

"괜찮아, 괜찮아. 이제는 경지가 훌쩍 올라서 말이지. 허구한 날 저러고 다닌다. 아주 재미 들렸어. 천산까지 일만 리가 진짜 하룻길이다."

"천산까지가 하루?"

소명은 고개를 절레절레 내저었다. 탁연수는 감탄과 경

악의 경계에서 입을 한껏 벌렸다.

이내 머리 위 십여 장의 거리를 두고서, 불길이 확 흩어졌다. 불씨는 이내 사그라지고, 그 자리에는 백금포군 차림을 한 여인이 옷자락을 흩날리면서 고혹적인 모습을 드러냈다.

검은 머리카락이 펄럭이는데, 남은 불꽃이 머리 장식처럼 휘감아 올렸다. 인세의 모습이 아니다. 불의 화신이 하늘에서 내리는 듯하다.

백옥처럼 하얀 얼굴에는 검은 눈썹, 칠흑을 품은 깊은 눈동자, 도도한 붉은 입술, 그렇게 나타난 여인은 딱 소명에게 떨어졌다.

"상공!"

흐업!

소명은 일단 떨어지는 그녀를 받아 안기는 했지만, 절로 신음이 튀어나왔다. 경중의 문제가 아니다. 아무리 신화경에 이른 보신경을 발휘했다고 하지만, 까마득한 곳에서 뚝 떨어지는 무게를 받아내는 것이 어디 쉬운 일이겠나.

소명이 아니라면 그대로 허리가 내려앉고, 폐부가 짜그라들면서 피 토할 판이다.

그런 것을 주춤하는 정도로 받아낸 소명도 어지간한 괴물이라고 하겠다.

탁연수는 그냥 웃어버렸다. 여기서 뭘 어쩌겠나.

"아이고, 산주께서는 여전하시구만."

"탁 당주. 하하하."

아함은 소명의 목에 팔을 걸치고서 태연하게 웃었다.

화염산주, 그리고 삼신으로 불리는 여인으로는 도무지 볼 수 없는 맑은 모습이다.

저것도 소명이 옆에 있어 그런 것이다.

신인 화염산주에게 저런 웃음이 다 무언가. 번뜩이는 눈빛 한 번에 사람이 불타버리기도 하는데.

아함은 소명 옆에서 전혀 떨어질 생각이 전혀 없었다. 소명도 더는 떼어낼 생각도 않고 있었다. 그냥 에효, 한숨을 흘리고서 먼 산이나 멍하니 바라볼 뿐이었다.

소명은 문득 불평하듯 중얼거렸다.

"그냥 조용히 넘어가려고 했건만."

"상공도 참. 추억하는 자리는 왁자할수록 좋은 일이지요. 아무렴요."

한숨 섞인 채 한 말에 곁에서 아함이 딴죽을 걸었다. 소명은 그런 아함을 흘깃 내려다보았다. 눈길 받은 아함은 배시시 웃었다.

딴에는 맞는 말이기도 하다.

"그래, 네 말도 영 틀린 말은 아니긴 하다."

내일이면, 상화촌의 오인방이 모이기로 한 날이면서, 양부 대웅을 기리는 날이기도 했다. 이때에 맞추어서 소명은 상화촌으로 돌아오고는 했다.

그것이 올해에는 참으로 번잡한 하루가 되겠다.

다 누구 덕분에.

"에효, 이미 벌어진 건 어쩔 수 없지만, 그 녀석들 올 때에는 조금이라도 조용했으면 좋겠는데 말이야."

소명은 한탄이나 다름없이 중얼거렸다. 이미 마을 주변에 장사진을 친 자들이야 어쩔 수 없는 일이지만, 이제부터 올 사람이라도 차분했으면 하는 바였다.

하늘 밖 유성이 떨어지듯이 뚝 내려서는 아함이야 그렇다고 하겠다. 이제 체념한 마당이라. 그가 걱정하는 것은 다른 누구보다 서군현왕이었다.

이청 녀석도 조용하게 다니고 싶어 하지만, 주변 사람들이 그리 녹록하지 않으니.

소명은 그러다가 어딘가 어색한 탁연수의 낯을 보고서 재차 고개를 흔들었다.

"그래, 그래, 알았어. 이번에도 글렀다. 이거지."

"이번에는 더욱 소란할걸."

"더? 또 왜?"

"왜기는 왜야, 몰라서 물어."

"음……."

소명은 잠깐 입을 닫았다가, 이내 한숨을 푹 흘렸다. 바로 떠오르는 바가 있었다. 그는 손을 들어 얼굴을 덮어버렸다.

"자식 자랑하러 오는 거로구만. 결국, 자식 자랑이야."

말 끝나기가 무섭다. 저기 먼 곳에서 힘찬 나팔 소리가 울려 퍼졌다. 현왕의 행차를 알리는 소리이니. 소명은 그만 맥 빠진 얼굴로 탁연수를 흘겨보았다.

탁연수는 배시시 웃기만 웃는다. 어색할 따름이다. 일을 이리 벌여놓은 것이 자신이라는 건 딱히 부인할 도리가 없지 않은가.

그러다가 딱 요때다 싶어서는 슬금슬금 뒷걸음질이다.

소명은 그런 탁연수를 한번 흘겨보았지만, 더 붙잡지는 않았다.

"헤, 헤헤. 호매가 아래에서 기다리고 있어서 말이지."

"그래, 가라, 가. 어련하겠냐."

"헤헤헤."

탁연수는 사뭇 멋쩍은 듯이 머리를 긁적거렸다. 그러나 아무래도 좀 늦은 듯했다. 탁연수가 머뭇거리고 있을 새에 불쑥 검은 그림자가 솟구쳤다.

방금 말한 호매, 호충연이었다.

"으어억!"

호충연은 일언반구도 없었다. 그냥 탁연수의 귀를 붙잡

아서는 거침없이 비틀었다. 손끝이 하얗게 물들었다. 놀란 비명에도 호충연은 전혀 아랑곳하지 않았다.

"흥, 연기하기는!"

호충연은 버럭 소리쳤다.

강시공을 완벽하게 이룬 탁연수였다. 어디 아낙의 손짓 하나에 아파할까. 그건 탁연수에게 아쉬운 소리였다. 호충연이 어디 보통 아낙이겠는가.

호가무관의 당대 관주가 여기 이 여인인데.

"아함, 오늘은 일찍 돌아왔네."

"네."

아함은 방글방글 웃었다. 호충연도 아함을 전혀 어려워하지 않았고, 아함도 호충연은 친언니처럼 친근하게 여긴다.

둘은 잠시 몇 마디를 나누었다.

"그럼, 이만 내려가 볼게요. 오라버니 내외도 곧 도착한다더군요."

"충인 녀석도 제법 부지런을 떤 모양이군."

"그렇다기보다는 더 소란할까 봐 그런 게지요. 벌써 이 지경이니, 한 며칠은 내내 소란하겠어요. 여기에 현왕까지 행차하시면. 하이고……"

"그래, 네 말이 맞다. 그러니 저 녀석 혼 좀 내주지 않으련."

"아무렴요. 조용한 마을이 정말."

"아니, 난 그게."

"시끄러워요."

"으으음."

탁연수는 변명 한마디라도 하려고 했지만, 쏘아보는 눈
초리에 그냥 입을 말아 물었다. 여전히 귓불은 단단히 붙잡
힌 채였다. 그렇게 호충연의 손짓에 끌려서, 탁연수는 볼품
없이 끌려 내려갔다.

"아니, 아니, 호매. 그래도 내가 강호에서 명성이란 게 좀
있는데. 사람 앞에서는. 으어억, 아니, 그게……으어어……."

소리가 언덕 아래로 넘어가자, 새삼 주변이 조용하다.

지금의 소란, 그리고 이내 몰려올 난리를 생각하면.

참으로 번잡하고, 요란하니, 소명 성미에는 정말 맞지 않
는 일이다. 그래도 친우들이 찾아오는 것이니 어찌 마다하
겠는가만.

싫은 기색은 잠깐이었다.

소명은 한층 고요한 기색으로 바윗돌에 걸터앉았다. 그
러자 아함은 자세를 바꾸어서 그의 어깨에 머리를 살짝 기
대었다.

"그래, 화염산에 별일은 없느냐?"

"성마가 사라졌기 때문일까, 산세의 열화기가 많이 수그
러들었어요. 이대로면 몇 대가 흐른 뒤에는 그래도 밖에서

살 만한 곳이 되지 않을까요?"

"흠, 그래도 까마득한 세월이 필요할 게다."

"예, 상공. 참 백금장주가 한번 들려달라고 간곡하게 부탁하던걸요."

"위지 녀석이? 또 무슨 일이 생겼군. 아니면 무슨 일을 저질렀던지."

그렇지 않고서야, 굳이 아함에게 부탁까지 하면서 자신을 찾을 리가 없다. 하기야 마운벽일이 끝나기가 무섭게, 위지백은 부인 손에 붙들려서 끌려가지 않았던가. 그러고는 삼 년은 보지 못했으니.

소명은 막 끌려간 탁연수처럼 뒷덜미 붙들린 채, 끌려가는 위지백의 볼품없는 모습이 아직도 선명했다. 키득, 실소가 절로 나온다.

소명은 문득 고개를 들었다.

앉은 자리는 상화촌 전경이 한눈에 내려다보이는 자리로, 너머로는 드는 길목 또한 훤히 볼 수 있었다.

아직 사람 흔적은 보이지 않는데, 바람을 타고서 행차를 알리는 풍악 소리가 흐리게 밀려왔다. 현왕이 가까이 온 모양이었다.

어디서 비롯하는지 몰라도, 바람은 동서남북으로 흩어지고, 다시 휘돌아서 모이고 그렇게 흘러, 흐른다.

강호의 은원(恩怨)도, 정리(情理)도 이와 같아라.

소명은 바로 보이는 어수선한 것은 잠시 마음 구석으로 미루어두고서, 품에 기댄 아함의 온기를 느끼며 흐르는 구름을 가만히 지켜보았다.

魔道神話 至終千年.

마도의 오랜 신화가 천년 세월에 끝에 이르렀다.

魔道至炎 燒天裂地

마도의 지극한 불길이 하늘을 사르고, 땅을 찢는데.

拳爺神拳 神將出現

권야의 신권으로 신장이 나타났다.

魔道卷雲 世道太平

마도의 구름을 걷어내니, 온 세상이 고요하여라.

天下崇仰 降魔神將.

천하가 공경하여, 항마신장이라 한다.

〈完〉

DREAMBOOKS